Gwenwyn

a Gwasgod Felen

"Ei angen o i ladd y llygod acw,
wyddoch chi ..."

Haf Llewelyn

Gwasg Carreg Gwalch

Argraffiad cyntaf: 2018

ⓗ testun: Haf Llewelyn 2018

Rhif Llyfr Safonol Rhyngwladol:
978-1-84527-650-8

Cyhoeddwyd gyda chymorth Cyngor Llyfrau Cymru

Cynllun clawr: Anne Cakebread

Cyhoeddwyd gan Wasg Carreg Gwalch,
12 Iard yr Orsaf, Llanrwst, Dyffryn Conwy, Cymru LL26 0EH.
Ffôn: 01492 642031
Ffacs: 01492 642502
e-bost: llyfrau@carreg-gwalch.cymru
lle ar y we: www.carreg-gwalch.cymru

Argraffwyd a chyhoeddwyd yng Nghymru

Cyflwynedig i deulu Clogwyn Llwyd

Prolog

"Mi fedra i ddal cystal â titha, gei di weld."

Rhedodd y ferch yn ei blaen ar hyd ymyl yr afon. Trwy'r brigau roedd y lleuad yn sbecian, gan greu cylch arian ar wyneb y pwll dyfnaf. Arhosodd y ferch. Tynnodd ei hesgidiau a'r sanau gwlân a'u gadael ar y lan.

"Ty'd," galwodd. Roedd y bachgen yn arafach, heb fod mor chwim â hi. Dyna beth oedd wedi ei hudo ati – ei symud chwim, ei llygaid yn dawnsio, ei hysbryd anturus. Doedd neb yn cael y gorau o hon, ac roedd o'n ei charu hi.

Erbyn iddo ef gyrraedd y pwll, roedd hi wedi mynd o'i flaen, yn gorwedd ar ei bol ar y garreg lydan, yr hances las yn ei llaw o dan wyneb y dŵr. Symudodd yn ofalus heb wneud smic o sŵn, a gorwedd wrth ei hochr. Teimlodd ei chynhesrwydd yno ar y garreg oer. Yna'n sydyn, chwipiodd ei llaw i fyny, ac yno yn yr hances roedd yr eog, yn anferth a llithrig, yn ddisglair a byw. Trawodd ei ben yn y garreg gydag un symudiad sydyn. Llonyddodd.

Cododd hi ei hwyneb i fyny i'r lleuad a chwerthin.

'Ddeudish i, yn do? Fi ydi'r potsiwr gora dan y lleuad, wel'di!'

Gafaelodd yntau yn ei llaw a chododd y ddau. Camodd o'i blaen ar y dorlan, a neidiodd hithau. Teimlodd yntau ei llaw'n ysgafn a meddal yn ei law. Edrychodd arni mewn rhyfeddod, y ferch hardd a'i gwallt tywyll yn gudynnau dros ei hysgwyddau. Roedd hi mor annhebyg i ferched eraill, y rheiny a'u gwalltiau'n dwt o dan fonet, eu llygaid yn methu edrych arno. Rhyfeddodd at hon, at ei hyder – bron nad oedd hi'n bowld – gyda'r cylchoedd aur yn ei chlustiau'n wincio'n ddigywilydd.

Rhoddodd y pysgodyn i orwedd ar y gwair. Byddai'n bryd i'w gofio i'r ddau deulu. Byddai'n ei dorri'n ddau ddarn ... gallai ogleuo'r pysgodyn yn rhostio uwchben y tân coed, ar ymyl y llyn.

"Hei!"

Cododd ei ben. Roedd rhywun yno, cysgod du yn torri ar draws y pelydryn o olau arian.

Trodd hithau a rhoddodd naid. Roedd hi yn ôl ar y garreg wastad, ei llygaid gwyllt yn fflachio.

"Gwylia fo!"

Sgrialodd y dyn a'i ffon i lawr amdanynt. Rhywsut, llwyddodd y bachgen i symud cyn i'r ffon ddod i lawr ar ei war. Daliodd ei afael yn y ffon a chollodd y dyn ei droed. Rhoddodd y bachgen wthiad i'r ffon a syrthiodd y dyn i'r dŵr. I lawr i'r pwll dwfn, ei freichiau'n torri ar wyneb y dŵr, unwaith, dwywaith, cyn diflannu.

Cododd y bachgen ei ben. Trodd i chwilio amdani ar y garreg wastad, ond doedd dim golwg ohoni. Dim ond ei hesgidiau a'r sanau gwlân ar y gwair gwlyb. Trodd i wynebu'r afon, a gwelodd y dyn yn dod yn ei ôl i'r wyneb. Roedd yn rhaid iddo symud cyn i hwn ei adnabod. Erbyn i'r dyn fedru hel y dŵr o'i lygaid, a chyrraedd y lan, doedd dim byd ar ôl ar y dorlan, dim ond y pysgodyn a'i lygaid yn dechrau pylu.

Y Bala, 1864 – 1865

Pennod 1

"Hy, llygod o ddiawl!"

Rhoddodd Smythe y corcyn yn ôl ar y botel arsenic, a'i hestyn i Daniel. Dringodd yntau'r ysgol bren i osod y botel llawn powdr gwyn yn ei hôl ar y silff, dim ond ychydig uwchben y jariau pils a'r poteli ffisig.

Dim ond newydd gau drws y siop oedd y wraig cyn i Smythe ddechrau arni.

"Mrs Eliza Edwards a'i thrwyn yn yr awyr – yr hen gnawes iddi."

Gwenodd Daniel. Camodd yn ofalus i lawr yr ysgol, stepan wrth stepan – doedd o ddim am ruthro, rhag ofn iddo daro yn erbyn un o'r jariau eraill oedd yn eistedd braidd yn sigledig ar y silffoedd llawn. Lle felly oedd yr apothecari. Roedd y lle'n llawn i'r ymylon o jariau a photeli a silffoedd yn gwegian o bob math o ffisig afiach yr olwg a mwy ffiaidd eu blas.

Cyrhaeddodd Daniel y llawr ac arhosodd, gan bwyso ei gefn yn erbyn pren llyfn y cownter. Gwyddai fod yna stori ddifyr ar y ffordd. Dyna oedd prif ddawn Smythe – dweud storïau a busnesu.

"Welest ti hi, a'i thrwyn yn yr awyr, fel rêl ledi?" gofynnodd, cyn rhoi ei ben ar un ochr a'i drwyn yn yr awyr i ddynwared y wraig oedd newydd adael.

"Ei angen o i ladd y llygod acw, wyddoch chi, Smythe!"

"Mae'n gas gen inna lygod mawr," prociodd Daniel gan wneud i'w lais swnio'n ddiniwed – gwyddai'n iawn sut i gael Smythe i hwyliau dweud stori.

"Lladd llygod o ddiawl – dwi'n gwybod amdani'n iawn, sti, Daniel."

Arhosodd Daniel i'r siopwr bach a'i fol tew setlo unwaith eto tu ôl i'r cownter derw.

"Paid ti â chymryd dy dwyllo gan bobol fel Mrs Eliza Edwards. Jezebel o ddynes ydi hi, dwi'n gwybod am ei thriciau hi. Mae hi wedi claddu dau ŵr yn barod, a gwylia di be dwi'n ddeud rŵan – mi fydd hi'n claddu Mr Edwards un o'r dyddia yma hefyd."

"Be dach chi'n feddwl? Druan â hi, felly yntê? Colli dau ŵr fel yna."

"Wel fachgen gwirion, wyddost ti ddim am hen driciau merched fel honna? Gwylia di nhw – merched!"

Ysgydwodd Daniel ei ben yn syn, gan wybod yn iawn y byddai'n cael aros yn ei unfan am o leiaf ddeg munud i wrando ar straeon Smythe. Roedd Daniel i fod i glirio'r storfa yng nghefn yr apothecari, cyn i Mr Thomas y fferyllydd gyrraedd yn ei ôl o Langollen, lle roedd o wedi mynd yn y drol i nôl nwyddau ar gyfer y siop.

Byddai'r trên newydd yn dod cyn belled â Llangollen, ond roedd yn rhaid mynd yno wedyn i nôl y nwyddau a'r powdwr a ddefnyddiai Mr Thomas ar gyfer gwneud ei feddyginiaethau rhyfeddol. Roedd sôn fod y trên am gyrraedd yr holl ffordd i'r Bala rhyw ddiwrnod, ond doedd Daniel ddim yn siŵr sut byddai hynny'n digwydd; roedd cymaint o fryniau a choed yn ei ffordd. Roedd Llangollen yn bell, a chymerai trwy'r dydd i gyrraedd yn ôl oddi yno efo'r drol fach, a'r ffyrdd yn dyllau i gyd. Siawns nad oedd gan Daniel ddigon o amser, felly, i wrando ar storïau Smythe.

Roedd glanhau'r stordy yn waith diflas. Roedd yn llawer gwell gan Daniel fod yn y siop, yn arbennig os oedd Smythe mewn hwyliau dweud storïau.

"Angen yr arsenic i rywbeth arall oedd hi, siŵr iawn!" sibrydodd Smythe, ei lygaid yn fain a'i fys ar ochr ei drwyn.

"Be dach chi'n feddwl, Smythe?"

Stumiodd Daniel yr olwg mwyaf twp ar ei wyneb.

"Wel ... wyt ti ddim wedi darllen yr hanesion yn y papurau, Daniel? Doedd yna hanes yn y *Chronicle* y diwrnod o'r blaen am wraig o Gaer yn cymysgu arsenic i uwd ei gŵr, sti ..."

"Ydach chi'n byta uwd, Smythe?"

"Ydw siŵr iawn, bob bore, ond does gen i ddim gwraig, yn nag oes? Mam sydd yn gwneud fy uwd i ..."

Ysgydwodd Smythe ei ben. Doedd o ddim yn arfer cael neb yn torri ar ei draws ac yntau ar ganol dweud stori.

"Beth bynnag am hynny, roedd y wraig yna o Gaer yn rhoi'r mymryn lleia o'r gwenwyn yn uwd ei gŵr bob bore."

"Bob bore?" Roedd Daniel wrth ei fodd.

"Ia, Daniel, hanner llond llwy de bob bore." Cododd Smythe ei fys a'i fawd i ddangos mai dim ond y mymryn lleiaf o'r arsenic oedd ei angen. "Mi fuodd hi'n gwneud hynny bob bore ac ... ymhen y mis roedd o'n farw gelain!"

"Hollol farw?"

"Marw fel ... wel, marw fel ... wel, wedi marw, yntê, Daniel."

"Ond sut nad oedd ei gŵr hi'n deall fod yna rywbeth yn bod ar ei uwd o?"

"Wel, dyna sy'n beryg am arsenic, ti'n gweld. Does yna ddim blas ar y stwff, does yna ddim ogla, ac mae o yn edrych yn union fel siwgr. Ond i ti ei gymysgu efo siwgr, fydd neb ddim callach ... estyn y botel yna i lawr ac mi gei di weld!"

"Ond sut wnaethon nhw ddal y ddynes yma, felly? Ella mai marw o'r ffliw wnaeth y dyn."

"Nage siŵr – roedd ei wraig o wedi gwerthu'r tŷ yn syth a rhedeg i ffwrdd efo'r dyn drws nesa, ac mi aeth un o'r cymdogion i amau fod rhywbeth yn rhyfedd yn y peth a dweud wrth yr heddlu. Mi godon nhw gorff y dyn o'r bedd ac agor ei fol, a gwneud rhyw archwiliad."

"Be, codi'r dyn o'r bedd?!" Doedd Daniel erioed wedi clywed am y fath beth, ond dyna fo, roedd Caer yn andros o bell o'r Bala. Mae'n rhaid mai pobl ofnadwy oedd yn byw yng Nghaer.

"Ie, a dyfala beth wnaethon nhw ffendio ym mol y dyn?" gofynnodd Smythe, a daeth â'i wyneb yn agos at drwyn Daniel, ei lygaid yn fain.

"Uwd?" sibrydodd Daniel. Sythodd Smythe. Doedd y gwas bach yma'n deall dim, meddyliodd.

"Nage siŵr, y twpsyn! Arsenic, siŵr iawn – digon i ladd tri dyn. Mi gafodd y ddynes ei chrogi ymhen y mis. Dim maddeuant – ti'n gweld, dydi llofruddio byth yn talu."

Roedd hon yn stori well na'r arfer, felly er bod Daniel

wedi clywed sŵn trol yn nesu ar hyd y stryd, doedd o ddim wedi llwyddo i gyrraedd yn ôl i'r stordy cefn cyn i Mr Thomas gamu i mewn yn urddasol i dywyllwch yr apothecari.

"Prysur, wela i, Smythe?" Craffodd yr hen ŵr ar y ddau weithiwr; un canol oed byr, boldew, a'r gwas bach newydd, a'i fop o wallt tywyll afreolus.

Ysgydwodd Mr Thomas ei ben yn ddwys. Doedd o ddim yn siŵr a oedd o wedi bod yn rhy frysiog yn cytuno i gymryd y bachgen yma, Daniel, ond roedd o wedi addo i'r prifathro Michael D. Jones, a doedd Mr Thomas ddim yn un i dorri addewid.

"Rhowch gorau i'ch hel straeon, Smythe, a tithau Daniel, dos di allan i ddechrau dadlwytho'r drol yna, neu mi fyddi di wrthi tan bore fory."

Pennod 2

Gallai Daniel deimlo'r chwys yn diferu i lawr ei gefn. Roedd wedi dadlwytho'r drol a dadbacio'r cistiau pren i gyd, gan osod yr holl nwyddau yn daclus ar silffoedd y stordy. Doedd o ddim am ddigio Mr Thomas. Roedd Daniel yn deall yn iawn mor lwcus y bu iddo gael gwaith yno yn yr apothecari, a gwyddai hefyd mai i Michael D. Jones roedd y diolch am hynny.

"Fedrwch chi ei gymryd o'n brentis yma efo chi, Mr Thomas?"

Cofiai sut y bu i Michael D. Jones berswadio'r fferyllydd.

"Wel, dwn i ddim os ydw i angen prentis, wyddoch chi, Mr Jones. Mae Smythe gen i yma, cofiwch ..."

Roedd y drws wedi cau wedyn, a'r cwbl fedrai Daniel ei wneud oedd eistedd yno ar y pafin yn gwrando ar y lleisiau tu ôl i'r drws yn murmur. Roedd o'n un ar bymtheg oed ac yn ddigon abl i weithio, ond doedd hi ddim yn hawdd dod o hyd i waith. Roedd wedi bod yn was bach ar fferm am ychydig, nes i'r ffermwr orfod gadael iddo fynd oherwydd bod Daniel yn geg arall i'w bwydo. Eisteddai yno ar y pafin yn ceisio meddwl beth fedrai wneud i'w gadw ef, ac yn bwysicach ei chwaer fach Dorothy May, o'r wyrcws. O'i flaen roedd stryd fawr y Bala, a phawb yn rhuthro hwnt ac yma, yn rhy brysur i gymryd unrhyw sylw o'r bachgen ifanc a eisteddai yn ei ddillad carpiog, yn taflu cerrig mân i'r pyllau budron.

Yna agorodd y drws yn sydyn a neidiodd Daniel ar ei draed. Edrychodd ar wyneb syber Michael D. cyn gweld corneli'r llygaid ffyrnig yn meddalu'r mymryn lleiaf. Rhoddodd y gŵr nod fach arno.

"Cofia di weithio dy orau rŵan, Daniel. Mae Mr Thomas yn ddyn prysur – dydi o ddim eisiau neb yn llaesu dwylo."

Rhoddodd Daniel y jar olaf ar y silff. Edrychodd arni; roedd yn siŵr ei fod yn adnabod y stwff llwydwyn yna. Craffodd ar y label, gan geisio ffurfio'r llythrennau yn air. Doedd y gwersi darllen a gafodd yn yr ysgol Sul yng nghartref Michael D. Jones yn fawr o help chwaith. *Lich-en*. Ceisiodd eto. *Lich-en*, ie, dyna'r gair. Gwyddai Daniel yn iawn am y stwff llwydwyn yna – y cen cerrig. Aeth cryndod trwyddo, a craffodd ar ei ddwylo, fel petai'n chwilio am olion o'r cen o dan ei ewinedd.

Rhuthrodd i nôl y brwsh i sgubo'r llawr; gwnâi rywbeth i ddangos ei fod yn barod i weithio – i weithio'n galed. Doedd o ddim am fynd yn ôl i orfod hel cen cerrig chwaith. I beth fyddai Mr Thomas yn defnyddio cen, tybed? Ond dyna fo, roedd siop yr apothecari yn llawn i'r ymylon o bethau rhyfedd ac od. Y rhyfeddaf o ddigon, ym marn Daniel, oedd y jar gyda'r hylif clir a thair llygaid yn arnofio ynddo, pob llygad yn lliw a maint gwahanol, ond y tair yn mynnu syllu ar Daniel, ble bynnag yr âi. Byddai Daniel yn taeru eu bod yn troi weithiau i chwilio amdano, yn edrych yn flin ar adegau pan na fyddai'n gweithio'n ddigon caled, yna'n gwenu dro arall wrth ei weld yn chwys diferol yn symud nwyddau, neu'n sgubo, fel rŵan. Ond rhywsut doedd y llygaid ddim yn ei boeni. Gallai ddygymod efo pethau felly. O leiaf roedd ei fol yn llawn, a gwyddai fod ganddo wely cysurus yn yr atig uwchben y siop.

Tri mis yn ôl doedd pethau ddim yn argoeli'n dda i Daniel na'i chwaer Dorothy. Doedd o ddim yn cofio ei dad. Roedd hwnnw wedi 'hel ei draed' fel byddai ei fam yn ddweud, ers blynyddoedd, a doedd neb wedi gweld arlliw ohono. Ond pan aeth ei fam yn sâl ar ddiwedd y gaeaf, roedd popeth i'w weld yn dywyll iawn. Ni allai ei fam wau'r sanau ar gyfer eu gwerthu, a doedd yr hyn roedd Daniel a'i chwaer yn medru ei ennill wrth hel y cen llwyd oddi ar y cerrig ddim yn ddigon i fwydo llygoden.

Ceiniog a dimai y pwys. Dyna'r cwbl oedd i'w gael am y cen, a gan mai peth sobor o ysgafn oedd y stwff llwydwyn, roedd yn rhaid hel am oriau cyn cael digon i ennill hyd yn oed hynny.

Byddai Shadrach yn cymryd y cen a'i roi mewn crochan fawr efo'r gwlân er mwyn lliwio hwnnw. Gwyddai Daniel y byddai Shadrach yn rhoi carreg yn y glorian o dan y cen weithiau, heb i neb ei weld. Byddai hynny yn rhoi ychydig mwy o geiniogau ym mhoced Daniel.

"Sut mae dy fam, Daniel?" byddai Shadrach yn holi, a'i lygaid fel petaen nhw'n treiddio mewn i ymennydd Daniel, yn union fel y llygaid yn y jar. Un craff oedd Shadrach – unwaith fyddai'r olwg yna ar ei wyneb fedrech chi ddim dweud celwydd wrtho. Mi fyddai fel petai o'n gwybod popeth cyn i chi ddweud dim.

"Ydi hi'n codi o'i gwely?"

"Fedrodd dy fam fwyta rhywbeth heddiw?" Aros wedyn, cyn gofyn, "Oedd ganddoch chi rywbeth i'w fwyta?"

Wyddai Daniel ddim beth i'w ddweud. Beth petai Shadrach yn dweud wrth bobl y wyrcws? Dyna'r lle olaf fyddai neb eisiau mynd iddo – y wyrcws yn y Bala lle byddai'r tlodion yn gorfod mynd. Gwyddai Daniel y byddai Dorothy ac yntau yn cael eu gwahanu, a'u mam yn gorfod mynd i'r golchdy i sgwrio dillad, a hithau prin yn medru sefyll ar ei thraed.

Doedd neb llawn llathen eisiau dibynnu ar y plwy a'r wyrcws. Yno roedd Dafydd Israel, yr hen ŵr oedd yn byw yn y bwthyn ar waelod y Domen, wedi gorfod mynd. Unwaith yr aeth o i'r wyrcws, yn ôl y sôn, aeth yn fwy a mwy cam, ei ddillad yn fwy a mwy carpiog, a'i esgyrn bron yn y golwg trwy'r carpiau hynny. Pen llo wedi ei ferwi efo maip oedd i swper, a bara haidd i ginio, a dyna i gyd. Ond o leiaf doedd tlodion y wyrcws ddim yn llwgu i farwolaeth – dim ond eu gweithio i farwolaeth fyddai *overseer* y wyrcws.

Crynodd Daniel trwyddo eto, ac ailgychwyn ar y sgubo, yn fwy caled y tro hwn nes oedd y llwch yn chwyrlïo'n wyllt o amgylch ei ben.

"Mi fydd Dorothy yn iawn efo ni, Daniel, does dim rhaid i ti boeni am hynny, sti. Mae Mam wedi bod eisiau merch o gwmpas y tŷ i'w helpu ers blynyddoedd."

Roedd Ellis Roberts, Tyddyn Gwynt, yn dod heibio'r apothecari'n aml. Byddai'n dod i'r dref i nôl nwyddau i'w fam a'i dad, ac ambell waith byddai Dorothy yn cael dod hefyd.

"Mae gen i wely go iawn i mi fy hun, sti, Daniel. Mae Mrs Roberts wedi gneud stafell i mi ar ben y grisia yn y tŷ, a drycha ar y sgidia mae Mrs Roberts wedi eu cael i mi!"

Cododd Dorothy odre'i sgert i Daniel gael edmygu'r esgidiau lledr roedd y fistras wedi cael eu trwsio ar ei chyfer. Roedd Dorothy wedi newid yn llwyr, ei gwallt yn dwt o dan y bonet gwyn, a'i bochau cochion yn brawf ei bod yn cael digon o fwyd a gofal. Sylwodd Daniel hefyd ar y sglein yn llygaid ei chwaer, a'r ysgafnder oedd yn ei hamgylchynu, yn arbennig pan oedd Ellis Tyddyn Gwynt, yn ei wasgod felen, yn dod i'w nôl o'r siop.

Gallai Daniel anadlu'n rhwyddach o weld bod ei chwaer yn edrych yn hapus ac yn iach. Doedd dim dwy flynedd rhwng Daniel a Dorothy, ond roedd Daniel yn dal i feddwl amdani fel chwaer fach iddo, a hithau bron yn bymtheg oed. Fe fyddai o ei hun wedi medru dygymod, mae'n debyg, yn y wyrcws, neu'n labrwr yn rhywle, ond roedd meddwl am ei chwaer fach yn gorfod dioddef bywyd yn y wyrcws yn ddigon i oeri ei waed.

Ond ddaeth hi ddim i hynny. Doedd teulu Tyddyn Gwynt ddim yn rowlio mewn arian, ond roedden nhw'n gallu gwneud bywoliaeth ar eu fferm fynydd, ac roedd pawb yn dweud fod Mrs Roberts yn fistras deg. Roedd Dorothy'n cael lle digon da, felly, ac roedd Daniel yn gwybod bod gan Michael D. Jones rywbeth i'w wneud efo hynny hefyd. Er ei olwg ffyrnig, gwyddai fod gan y prifathro galon anferth, ac os gallai, byddai Michael D. bob amser yn ceisio helpu'r rhai roedd bywyd yn greulon wrthyn nhw.

Wrth sgubo'n wyllt rhoddodd ergyd i'r silff, nes oedd y jariau'n siglo'n beryglus. Gwgodd y llygaid yn y jar.

Ceisiai Daniel wthio wyneb llonydd ei fam o'r neilltu. O

leiaf roedd hithau mewn heddwch bellach. Bu Shadrach yn garedig wrthi, yn mynd a bara a 'chydig o uwd cynnes iddi tan y diwedd. Edrychodd Daniel ar y jariau llawn moddion, ond gwyddai na fyddai hyd yn oed cynhwysion y jariau gwyrthiol hyn wedi gallu achub ei fam – roedd y peswch ofnadwy wedi cydio ynddi, ac wedi gwrthod gollwng.

"Hei!"

Neidiodd Daniel a throi'n sydyn i chwilio am y llais. Roedd y stordy yn dywyll, gyda'r cistiau pren wedi eu gosod un ar ben y llall gan rwystro'r golau rhag dod i mewn trwy'r ffenestri cul.

"Hei, gwatsha, paid â sgubo'r llwch yna i'n llygaid i'r llipryn!"

Gwenodd Daniel. Roedd o'n adnabod y llais yna. Eldra.

"Lle wyt ti?" Trodd yn wyllt, un ffordd yna'r llall. "Ty'd allan, lle bynnag wyt ti, sgen i ddim amser i chwarae rŵan, sti."

"Dwi'n fa'ma!"

Clywodd Daniel sŵn y jariau'n ysgwyd, a rhuthrodd yn wyllt i sadio'r silff.

"Paid!"

Doedd Eldra ddim yn saff mewn lle fel hyn. Roedd hi'n rhy chwim, a'i thraed bob amser fel petaen nhw newydd ddod o ryw bwll neu'i gilydd, yn gadael olion gwlyb ar hyd y lloriau.

"Paid, Eldra, mi fyddi di'n siŵr o wneud llanast." Symudodd Daniel y blychau pren oddi wrth y ffenestr er mwyn gadael llwybr clir i'r ferch fedru dod o'i chuddfan.

"Be ti'n neud yn cuddio yn fan yna, ac o ble doist ti rŵan ... a sut doist ti i mewn a'r drws ar glo?"

"Holi, cyboli, i be sydd isho'r holl gwestiynau? Wyt ti ddim yn falch o fy ngweld i?"

"Ydw siŵr, ond ..."

"Wel dyna fo felly. Ty'd, dangos y lle 'ma i mi, Daniel. A be ydi'r holl jariau yma?" Cododd Eldra'r jar gyda'r llygaid ynddi.

"Heeelooo!" chwarddodd, gan ysgwyd y jar nes oedd y llygaid yn dawnsio'n orffwyll.

Gwingodd Daniel.

"PAID Eldra! Paid â chyffwrdd DIM BYD, wyt ti'n clywed?"

Cipiodd y jar o'i llaw a'i gosod yn ofalus yng nghefn y silff.

"Twt, be sydd arnat ti? Wna i ddim byd, siŵr, ond be ydi'r holl bethau 'ma, Daniel?"

"Jariau Mr Thomas y fferyllydd ydyn nhw, ac mae o'n gwneud bob mathau o foddion er mwyn gwella pobl, sti. Apothecari ydi fan hyn. Wyt ti ddim yn cofio?"

Ysgydwodd Eldra ei phen, a chafodd Daniel gip ar y mymryn lleiaf o ddryswch yn ei llygaid.

"Apothecari?" Neidiodd Eldra i'r drws, agorodd y clo, a thynnu'r drws ar agor. "Apothecari. Hmm, fan hyn maen nhw'n dod i brynu gwenwyn felly, yntê?" meddai, cyn ymdoddi i'r dyrfa yn y stryd.

Pennod 3

Safai Michael D. Jones allan yn yr ardd, ei hoff le. Bu'n ddiwrnod braf, roedd wedi gorffen ei waith yn dysgu yn y coleg yn gynnar heddiw, ac roedd y myfyrwyr, y darpar weinidogion, wedi cael y p'nawn yn rhydd. Wedi'r cwbl, roedd yn bwysig fod pawb yn cael cyfle i werthfawrogi'r cread ar ddiwrnod mor braf. Byddai hynny, gobeithiai Michael D., yn eu gwneud yn fwy parod i ryfeddu at haelioni'r Tad, ac felly yn eu gwneud yn bregethwyr mwy grymus.

Safodd wrth y giât fach a arweiniai allan o'r ardd. Gallai glywed y gwenyn yn suo o amgylch y llwyni. Gwenodd yn fodlon; byddai digon o fêl ar gael eleni, felly. Roedd Michael D. yn sicr fod angen i bawb gadw gwenyn – pa werth oedd prynu siwgr drud, a digon o fêl pur lleol ar gael i felysu eu bywydau? Roedd Michael D. hefyd yn benderfynol o ddefnyddio brethyn lleol ar gyfer ei ddillad a lledr lleol ar gyfer ei esgidiau. Roedd gwneud hynny'n sicrhau gwaith i bobl yr ardal, yn lle bod yn rhaid iddyn nhw fynd i ffwrdd i weithio, neu gow-towio am waith i'r meistri tir. Gwyddai fod ambell un yn crechwenu y tu ôl i'w gefn wrth ei weld yn cerdded ar hyd stryd y Bala yn ei siaced wlân drom, ond doedd Michael D. ddim yn un i boeni gormod am argraff pobl eraill ohono.

Craffodd ar y llwyni – y wermod wen, hen ŵr a'r lafant o flaen y drws, a'r rhosod yn dringo'r ffrâm. Daeth cysgod dros ei wyneb, a gwelodd fod y mymryn lleiaf o niwl yn disgyn yn raddol dros y dref. Byddai'r llyn yn llyncu gwres olaf y dydd cyn hir, a gadael y diwrnod i dynnu ato. Cododd ei wyneb i arogli'r rhosod bychan, y rhosyn roedd ef wedi'i godi o gartref ei fam. Caeodd ei lygaid a rhoddodd ochenaid fechan, cyn brysio'n ôl i'r tŷ, gan gau'r drws yn glep ar ei ôl.

Byddai'r arogl yn ei gario 'nôl i gartref ei fam yn y Weirglodd Wen, fferm fechan ger Llanuwchllyn, heb fod yn bell o'r Bala, ac roedd meddwl am y Weirglodd Wen a'i fam yn peri iddo wingo, yn union fel petai gwenynen wedi gwneud ei ffordd i mewn dan goler ei grys a'i bigo. Gwyddai mai ei gydwybod oedd y pigyn, ac nid oedd dim bellach y gallai ei wneud i dawelu honno.

Ond er bod ei gydwybod yn ei bigo, gwyddai Michael D. hefyd na fyddai wedi medru gwneud dim yn wahanol, petai'n cael ail gyfle. Doedd o ddim wedi gwneud dim ond sefyll dros ei egwyddorion, dros beth oedd yn deg a chywir, a byddai'n rhaid iddo wneud hynny, doed a ddêl.

"Efallai y byddai'n beth doeth peidio gwneud gormod o sŵn, wyddoch chi, Michael," oedd cyngor Mr Thomas, y fferyllydd, bum mlynedd yn gynharach pan oedd y meistri tir wedi cael eu ffordd eto, ac wedi ennill lecsiwn 1859 trwy dwyll.

"Twyllo!" sgyrnygodd wedyn. Dyna'r unig ffordd o ddisgrifio dulliau'r meistri tir – bygwth a dychryn, nes bod pawb yn pleidleisio fel roedd y meistr tir yn dweud.

"Wedi bod yn ymweld â'ch tenantiaid, ie?" Cofiai Michael D. fel yr oedd wedi dod ar draws Williams, asiant tir Syr Watkin Williams-Wynne, ychydig ddyddiau cyn y lecsiwn. Roedd hwnnw wedi bod yn brysur yn ymweld â'r ffermydd oedd yn perthyn i stad Glan-llyn a'r meistr tir, Syr Watkin. Eu hatgoffa roedd o am haelioni eu meistr tir, a hefyd, wrth gwrs, i'w sicrhau fod Syr Watkin yn disgwyl iddynt bleidleisio dros y Tori. Roedd angen bod yn ddewr iawn i feiddio fotio dros y Rhyddfrydwr, gan y byddai'r tirfeddianwyr yn siŵr o ddod i wybod, a byddai canlyniad yn sicr o ddilyn meiddio mynd yn groes i'w dymuniad hwy.

Roedd y *sgriws*, dan gyfarwyddyd Williams, wedi bod yn graff ac yn gwybod yn iawn pwy roddodd eu croes gyferbyn ag enw'r Rhyddfrydwr. Roedd enwau'r rheiny wedi eu cario yn ôl i glustiau Syr Watkin a Price Rhiwlas, y ddau feistr tir lleol.

Gwgodd Michael D., ac am funud daeth cysgod amheuaeth drosto eto. Ai arno ef roedd y bai fod nifer o ffermwyr a'u teuluoedd wedi eu taflu o'u ffermydd gan Syr Watkin? Ffermydd yn perthyn i stad Glan-llyn, wrth gwrs. Doedd neb yn pwyntio bys ato ef am hynny, gan fod y ffermwyr i gyd yn benderfynol o gael bwrw pleidlais yn rhydd, yn radicaliaid i'r carn.

Ond yr oedd un arall yn pwyso'n fwy trwm ar gydwybod Michael D. Ei fam oedrannus oedd honno, a gwyddai mai oherwydd ei ddaliadau ef y collodd ei fam ei chartref.

"Ty'd â dy fraich i mi." Roedd Mary Jones, yr hen wraig, wedi esgyn i'r drol, ei holl eiddo allan ar fuarth y Weirglodd Wen. Y gwely plu a'r dillad wedi eu taflu'n ddiofal i'r ardd, y cynfasau gwynion wedi eu dal gan y gwynt a'u codi nes oedden nhw'n sownd yn y goeden gelyn. Ar ymyl y llwybr safai'r gist dderw. Yn hon roedd holl drysorau'r hen wraig: ei Beibl, ei siôl orau a'r llestri tsieni bregus. Yn y drol wrth ei thraed, mewn sach, roedd y ddwy iâr yn clwcian yn ffwndrus.

"Dyna chi'r hen ferched." Rhoddodd Mary Jones ei llaw ar y sach, gan geisio cysuro'r ddwy fach bluog. Roedd clwcian yr ieir yn poeni mwy ar Mary Jones na dim – roedden nhw'n ddwy fach mor ffyslyd a nerfus, ac ofnai y byddai'r daith mewn sach dywyll yn siŵr o'u styrbio ac na fydden nhw'n dod yn eu holau i ddodwy am ddyddiau, os o gwbwl.

"Ydach chi'n iawn, Mam?" Roedd Michael D. wedi rhuthro draw i gartref ei fam pan glywodd fod dynion Glan-llyn yno yn symud ei heiddo allan, a phan gyrhaeddodd, roedd ei fam yn pwyso yn erbyn wal yr ardd, ei heiddo o'i hamgylch, a'r dynion wrthi'n hoelio styllod dros y drws.

"Ydw, dwi'n iawn. Ty'd, rho dy fraich i mi." Sythodd Mary Jones; doedd hi ddim am ddangos gwendid o flaen y dynion. Cododd ei phen yn falch ac esgyn i'r drol.

Rhoddodd un o'r dynion hergwd galed i'r gist dderw gyda'i droed. Ochneidiodd yr hen wraig pan glywodd sŵn y llestri'n malu, a gwyddai Michael D. fod mwy na'r llestri'n deilchion ar fuarth y Weirglodd Wen y bore hwnnw.

Pennod 4

"Maen nhw wedi codi'r rhent eto, wyddoch chi, Thomas!" bytheiriai'r gŵr yn y dillad brethyn trwm. "Wedi codi rhent y rhai wnaeth feiddio pleidleisio yn eu herbyn *nhw*, wrth gwrs. Mae'r lleill yn cael llonydd, y cynffonwyr, y rhai sy'n fodlon plygu glin!"

"Mae'r holl beth yn drewi, wrth gwrs ei fod o, ond gwyliwch wthio pethau yn rhy bell rŵan, Michael." Suddodd calon Mr Thomas y fferyllydd. Roedd Michael D. Jones ar gefn ei geffyl eto.

"Ond fedra i ddim sefyll o'r neilltu fel hyn lawer yn hwy, Thomas. Maen nhw'n gwasgu ar y bobl, yn eu cam-drin, ac yn gwneud bywydau'r tenantiaid druan bron yn amhosibl. Sut mae posib gwneud bywoliaeth o'r tir pan mae'r meistri yn codi rhent dro ar ôl tro? Na, mae gweld pobl yn dioddef tra mae'r meistri tir a'u dynion yn mynd yn dewach, dewach bob dydd, yn fy ngwneud yn fwy penderfynol fyth."

Eisteddai'r ddau ŵr bonheddig wrth y tân yn stydi Mr Thomas, y ddau â golwg syber iawn arnyn nhw. Roedd Mr Thomas yn gefnsyth, ei sbectol yn gafael yn dynn am ei drwyn main, fel petai ofn disgyn unrhyw funud. Eisteddai'n dawel yn ei gadair, ei ddwylo'n llonydd ar ei lin. Ond nid felly'r llall. Cododd Michael D. yn wyllt a throedio'n sydyn o amgylch y stafell. Arhosai bob yn hyn a hyn, ei freichiau'n chwifio, ei fys yn taro'r awyr, yn ceisio sicrhau fod rhyw bwynt pwysig wedi ei ddeall. Roedd golwg ffyrnig arno, a'i farf fawr drwchus a'i lygaid tanllyd.

"Gwladfa newydd ydi'r unig ateb, Thomas! Rhaid i ni greu gwlad newydd, Cymru newydd yn rhywle arall!" Eisteddodd yn ei ôl wrth y tân gan blygu ymlaen yn ei gadair eto. "Does dim dewis arall os ydan ni am gael tegwch a rhyddid i addoli, a byw fel Cymry yn rhydd o reolau anfoesol Lloegr. Does ganddyn nhw ddim arlliw o gydymdeimlad efo ni ..."

"Dwi'n cytuno, wrth gwrs, Michael D., ac yn cydymdeimlo efo *chi* yn arbennig wedi'r hyn ddigwyddodd i'ch mam, ond ... wel, fedra i ddim ond dweud mai yma yn y Bala dwi'n dymuno bod."

Anesmwythodd Mr Thomas yn ei gadair, a daeth golwg bryderus dros ei wyneb, wrth iddo geisio dychmygu'r fath gyffro. Roedd o'n hen ŵr bellach, dros ei drigain oed, ei wallt yn wyn a chrydcymalau yn bygwth ei esgyrn.

Wrth gwrs fod y meistri tir yn gwneud bywydau pobl gyffredin yr ardal yn anodd, gan godi rhenti a mynnu bod eu tenantiaid yn pleidleisio fel roedden nhw'n dweud. Roedd Mr Thomas, fel pawb arall ag unrhyw owns o gydymdeimlad ganddynt, wedi eu gwylltio yn ofnadwy pan daflwyd Mary Jones o'i chartref fel yna. Taflu hen wraig oedd bron yn bedwar ugain oed allan o'i chartref – roedd y peth yn warth llwyr, a'i hunig drosedd oedd cefnogi ei mab penboeth.

Ond y peth olaf ar wyneb daear yr oedd Mr Thomas yn dymuno ei wneud oedd codi pac a halio popeth ar long sigledig a hwylio yr holl ffordd i ben arall y byd. Na, roedd anturiaethau felly yn sicr yn rhywbeth i bobl ifanc. Doedd o ddim am symud o'r Bala. Crynodd drwyddo, fel petai rhywun wedi tywallt dŵr hallt y cefnfor i lawr ei gefn.

"Twt, twt, Thomas!" ebychodd y prifathro. "Lle mae'ch menter chi? Meddyliwch am y cyfle fyddai i fferyllydd galluog fel chi yn y Wladfa newydd, a llond lle o bobl angen eu gwella – mi wnaech eich ffortiwn, ddyn!"

"Ond mi fydd pobl y Bala angen eu gwella hefyd, cofiwch chi – pwy fyddai yma wedyn i roi eu ffisig annwyd iddyn nhw? A pheth arall, Michael annwyl, mi rydach chi'n beryg o wneud drwg i chi'ch hun yn cynnal yr holl gyfarfodydd yma, wyddoch chi ... gwyliwch chi rhag i Syr Watcyn gael gwynt o'r pethau rydach chi'n ei ddweud amdano fo ..."

Teimlai'r fferyllydd mai peth doeth oedd ceisio rhybuddio Michael D. Jones, prifathro Coleg y Bala, am y pethau roedd o'n ei glywed gan ei gwsmeriaid yn ddyddiol. Roedd rhywun bob dydd yn dod i mewn gyda rhyw stori am gyfarfodydd y prifathro, a'r pethau roedd o'n ei ddweud am Syr Watcyn, ac yn arbennig am Williams yr asiant tir. Hwnnw oedd y drwg, y cythral mewn croen, yn ôl y tenantiaid – Williams, a'i hen drwyn ym mhob helynt. Ac wrth gwrs doedd Michael D. ddim am adael i ddim basio heb dynnu sylw trigolion y Bala am y cythraul Williams yna. Hwnnw oedd wedi mynd heibio ei fam i'r Weirglodd Wen, ei chartref, a rhoi ordors iddi symud oddi yno, a hynny heb fawr o rybudd. Roedd yr hen wraig, Mary Jones, wedi torri ei chalon; fu hi ddim byw yn hir wedyn.

Ond roedd Mr Thomas y fferyllydd yn gwybod bod Michael D. yn mentro wrth siarad mor blaen am annhegwch y meistri tir a'i sgriws. Roedd crydcymalau Mr Thomas yn waeth nag arfer, a doedd hynny'n ddim ond arwydd o un o ddau beth – unai roedd eira mawr ar ei ffordd, neu roedd storm o fath arall ar fin taro tref y Bala.

Fedrai o ddim anwybyddu geiriau ei gwsmeriaid.

"Mae o'n siŵr o gychwyn gwrthryfel, w'ch chi, ac mi ddaw'r fyddin ar ein penna ni yma i'r Bala ..." meddai un.

"Bobol bach, glywsoch chi be ddeudodd o ddiwetha? Deud fod yn rhaid martsho ar y landlordiad a'u taflu nhw ar y domen ..." meddai un arall. "Dydan ni ddim eisiau helynt yma wir, dim ond bywyd tawel."

"Ydi o'n wir, Mr Thomas?" holodd Miss Kitty Pugh yn y siop y bore hwnnw, gan blycio ochr ei siôl. "Ydi be maen nhw'n ddeud am Michael D. Jones yn wir?"

Suddodd calon Mr Thomas. Be oedd y stori ddiweddaraf, felly?

"Ydi be'n wir, Miss Pugh?" holodd yn garedig, gan estyn y pecyn bach brown iddi dros y cownter – rhywbeth bach i sadio ei nerfau brau.

"Wel clywed 'nes i, wyddoch chi, fod cais wedi mynd i'r milisia ddod i'r Bala gan fod Michael D. Jones wedi dweud wrth bawb am fynd i helpu teulu Tŷ Isa."

"Bobol bach, helpu teulu Tŷ Isa i beth, felly?"

"Wel, roedd y beili i fod i fynd yno i nôl dwy fuwch am eu bod nhw'n methu talu'r rhent, ac wedyn roedd Michael D. Jones wedi annog pawb i fynd yno i gau'r ffordd, a rhwystro'r beili ... ydi o'n wir Mr, Thomas? Ddaw'r milisia, ydach chi'n meddwl?"

Ochneidiodd y wraig a dechrau cnoi ei gwefus isaf, a phlycio'n waeth nag erioed ar ymyl ei siôl.

"Na ddôn, Miss Pugh fach, peidiwch ag ypsetio'ch hun." Estynnodd y fferyllydd y jar frown ar y cownter a thywallt peth o'r dail sych i fag brown arall, a'i estyn iddi.

"Dyna chi ylwch, mi gewch chi hwn gen i – 'chydig o gamomeil i chi gael gwneud te. Mi dawelith eich nerfau chi. Peidiwch chi â phoeni am y milisia. Mi fyddwn ni i gyd yn reit saff yn ein tai, Miss Pugh."

A rŵan wrth eistedd gyferbyn â'r cawr o ddyn, daeth rhyw deimlad rhyfedd dros y fferyllydd. Beth oedd arno'n amau'r dyn yma? Wrth gwrs fod yn rhaid iddyn nhw sefyll efo'i gilydd yn erbyn y fath annhegwch. Roedd Michael D. yn llygad ei le. Roedd yn rhaid i bethau newid ym Meirionnydd, y sir fach fwyaf cysglyd yng Nghymru, y sir lle roedd y landlordiaid o Saeson yn cael gwneud fel a fynnon nhw – yn bygwth a chosbi unrhyw un oedd yn ddigon dewr i sefyll yn eu herbyn. Oedden, roedden nhw wedi bod yn hepian yn eu gwlâu yn rhy hir.

Ond efo dyn fel Michael D. Jones yn y dref, roedd un peth yn sicr – fydden nhw yn ardal y Bala ddim yn cael aros yn eu gwlâu oer yn breuddwydio am fywyd gwell am lawer hwy.

"Cadwch un llygad ar Syr Watkin a'r sgriw Williams yna. Hwnnw ydi'r drwg yn y caws, Michael, fel y gwyddoch. Ond rydach chi'n iawn, wrth gwrs – mi fydd yn rhaid dangos ein dannedd yn hwyr neu'n hwyrach."

Cododd Mr Thomas. Roedd yn hen bryd mynd i weld faint o waith roedd y bachgen Daniel yn ei wneud, a faint o lanast roedd Smythe wedi llwyddo i'w wneud ar ei jariau.

Pennod 5

"Ty'd Dorothy, wir, does ganddon ni ddim trwy'r dydd, cofia."
Rhuthrodd y fistras trwodd i'r gegin o'r cefn, lle bu hi'n
cadw'r llaeth wedi iddi wneud y pwdin reis a'i roi yn y popty.

Roedd yn rhaid i Dorothy a'r fistras a phawb arall fynd
allan heddiw i helpu efo'r cynhaeaf ar fferm Tyddyn Gwynt.
Doedd Ellis, y mab, ddim wedi cyrraedd adre eto, wedi iddo
fynd efo criw o fechgyn yr ardal draw am swydd Amwythig i
chwilio am waith yn torri ŷd. Roedd arian da i'w gael, yn ôl y
sôn, yn siroedd mawr Lloegr, ac fel arfer byddai'r tymor torri
ŷd yn swydd Amwythig wedi gorffen cyn i'r tymor ddechrau
yn ardal y Bala, felly byddai Ellis yn ei ôl mewn pryd i helpu
gyda'r cynhaeaf adref. Bu ei dad a'i fam yn trafod y peth am
oriau, gan bwyso a mesur a fedren nhw wneud heb Ellis ar y
ffarm. Cytuno iddo fynd wnaeth y ddau yn y diwedd. Roedd
dau swllt y dydd i'w gael am dorri ŷd efo'r bladur yn swydd
Amwythig, ac roedd Ellis yn bladurwr da.

Byddai'r arian a wnâi Ellis yn torri ŷd yn help i dalu'r
rhent i Syr Watkin, yn enwedig gan fod yr asiant Williams yna
yn chwythu lawr eu gwar o hyd, yn bygwth a bytheirio. A
phrun bynnag, byddai'n syniad i Ellis fynd o'r golwg am
ychydig – roedd o'n tynnu Williams i'w ben o hyd. Roedd
hwnnw'n amau'n gryf mai Ellis oedd wedi bod yn rhoi maglau

ar y tir i ddal cwningod. Roedd cwningen pob hyn a hyn yn help i fwydo teuluoedd tlawd, ond, wrth gwrs, y meistr tir oedd piau'r cwningod. Doedd gan denant fel Ellis ddim hawl dal yr un. Fe fyddai, felly, yn syniad da i Ellis fynd o'r golwg am ychydig o ddyddiau i adael i bethau dawelu eto.

Roedd y rhenti yn codi o hyd, a byddai Dorothy'n gwrando ar y mistar a'r fistras yn trafod weithiau'n hwyr i'r nos, yn ceisio meddwl am ffordd arall i arbed neu i wneud ceiniog neu ddwy. Roedd y te wedi gorffen ac roedd Dorothy wedi sylwi sut roedd y potyn siwgr yn cael ei gadw yn ddigon pell o afael pawb. Dim ond y mymryn lleiaf oedd wedi ei ychwanegu at y pwdin reis heddiw, a dim ond y fistras oedd yn cael agor y caead. Ond chwarae teg i'r fistras, pan gynigiodd Dorothy y byddai'n gallu mynd un p'nawn i'r creigiau i chwilio am gen cerrig i'w werthu, roedd y fistras wedi gwenu arni'n rhyfedd rhywsut, ac wedi rhoi chwerthiniad bach trist cyn mynnu, "Na, Dorothy fach, dydi hi ddim mor ddrwg â hynny arnon ni – ddim eto, beth bynnag."

Roedd y cae ŷd yn llawn o weithwyr, y dynion yn un llinell syth yn symud yn araf ar hyd y cae, pob un â'i bladur yn symud yn ôl a blaen a'r coesau ŷd yn disgyn fel ton ar wyneb llyn, a'r haul yn troi popeth yn felyn a chynnes. Erbyn canol y p'nawn roedd cefn Dorothy yn brifo, ac roedd hi'n cael trafferth dal i fyny efo Wil Ifan oedd yn torri'r ŷd o'i blaen. Ei gwaith hi oedd dilyn Wil, wrth i hwnnw dorri'r ŷd a'i adael yn un llinell syth ar y ddaear, yna byddai Dorothy yn codi llond ei braich o'r ŷd gan ei glymu gyda darnau o wellt i wneud ysgub daclus. Yna, symud ymlaen i wneud yr un peth eto, ac eto, nes oedd rhesi syth o ysgubau taclus yn gorwedd ar y ddaear yn felyn a llonydd, fel rhes o blant bach yn cysgu yn eu cobenni aur.

Ysai Dorothy i ben y rhes ei chyrraedd, fel y gallai gael cyfle i bwyso am ychydig ar y clawdd ar waelod y cae. Roedd yr haul wedi machlud a golau diwedd y dydd yn gadael gwawr gynnes ar hyd wyneb yr ŷd, ac ar ochr arall y cwm daeth llygad mawr y lleuad Fedi i'r golwg, yn ddisglair fel swllt newydd.

Cododd Dorothy y swp ŷd nesaf a'i wasgu yn ei breichiau er mwyn clymu'r cwbl, ond synhwyrodd fod pawb arall yn y cae wedi llonyddu, wedi rhoi gorau i'w gwaith. Roedd y pladurwyr wedi rhoi eu pladuriau i lawr, a'r merched yn sythu, yn sefyll yno yn magu'r ysgubau ŷd yn eu breichiau. Yno yn y giât roedd dau ddyn. Safai'r cyntaf yn dalsyth, ond swatio y tu ôl iddo wnâi'r llall, fel petai o ddim am i'r gweithwyr ei weld o. Craffodd Dorothy ar y dyn cyntaf. Fedrai hi ddim gweld ei wyneb o dan yr het dywyll – roedd y golau wedi pylu a'r cysgodion yn hir. Gŵr bonheddig, felly – nid cap brethyn ffermwr oedd am ben hwn, ond het galed, silc, ddu. Tawelodd y siarad a gwyliodd y gweithwyr y dyn yn troi, a Robert Roberts y mistar yn ei ddilyn i ddrws Tyddyn Gwynt. Dilynodd yr ail ddyn, fel petai am wneud yn siŵr nad oedd y mistar yn gallu troi yn ôl am y cae. Sylwodd Dorothy mai cap o groen rhyw anifail bach wisgai hwn am ei ben, ac roedd cynffon o flew yn hongian ar gefn y cap. Doedd hwn ddim yn un o'r byddigion, felly.

"Williams ydi o, a'i was bach, mwn," poerodd Wil Ifan, gan roi ei bladur i bwyso ar y clawdd.

"Ia, a Twm Twm ydi'r diawl bach yna sydd efo fo,"
meddai un o'r pladurwyr. "Mi glywes i fod Twm Twm wedi
cael gwaith gan y stad – dim ond i wneud y gwaith budur
drostyn nhw."

"Hen gythral bach dan din fu o erioed," ciciodd Wil Ifan
ddarn o dywarchen, "ac mae'r blaidd yna o gi sydd ganddo yn
gofyn amdani hefyd. Mi ddaliodd un o ieir Mam diwrnod o'r
blaen, nes oedd honno a'i phen i ffwrdd. Gynigiodd yr hen
gythral Williams 'na ddim ceiniog am yr iâr. Un rheol iddyn
nhw ac un arall i ni ydi hi ... ac i wneud pethau'n waeth mi
ddaeth y cythrel ci yna yn ei ôl wedyn. Mi fu'n rhaid i mi ei
hel o'cw, roedd o'n y buarth yn sglaffio'r iâr cyn i mi gael cyfle
i'w chladdu hi, hyd yn oed!"

Ochneidiodd y fistras, a symudodd rhai o'r dynion, fel
petaen nhw am eu dilyn i'r tŷ.

"Well i mi fynd ar eu hôl nhw, Mrs Roberts?" Trodd Wil
Ifan i edrych ar y fistras. Os oedd angen, yna roedd yna
ddigon ohonyn nhw fedrai godi'r asiant, ei was bach a'r ci
mastiff, a'u taflu nhw i'r afon.

"Na, gad iddyn nhw, Wil," gosododd y fistras ei hysgub
olaf o ŷd ar y llawr. "Wnei di ddim byd ond gwneud pethau'n
waeth. Dydi Williams ddim yn un i'w groesi."

"Hy, mi fedra i ddangos be ydi be i'r diawl!" Rhoddodd
Wil Ifan bwniad hegar i'w gap ac ailafael yn y bladur.
Gwenodd Dorothy. Roedd hwn yn ei hatgoffa o Ellis, yr un
ffordd herfeiddiol, yr un llygaid tywyll yn tanio. Roedd y ddau
– Ellis a Wil Ifan – yn doriad o'r un brethyn, y ddau mor wyllt
â'i gilydd, yn neidio i bob helynt, ond nhw oedd yn iawn, wrth
gwrs. Yn llygaid Dorothy, arwyr oedden nhw, yn arbennig

Ellis. Roedd y ddau yn debyg o ran golwg hefyd, yr un gwallt tywyll a'r llygaid herfeiddiol. Byddai'r ddau yn gwneud triciau'n aml, yn drysu pobl nad oedd yn eu hadnabod gan haeru mai Ellis oedd Wil, a Wil oedd Ellis. 'Hwyl diniwed' fyddai Mali Ifan, mam Wil, yn galw'r triciau, gan chwerthin yn braf, ond roedd triciau'r ddau yn berygl o'u harwain i helynt, yn ôl y fistras. Roedd Dorothy'n ei gweld hi'n chwith heb Ellis, ac yntau wedi bod i ffwrdd yn Amwythig ers bron i fis bellach. Ysai am ei weld eto yn eistedd wrth y bwrdd ac yn llowcio ei fwyd, cyn cau botymau'r wasgod felen yn sydyn a rhuthro allan at ei waith.

"Gad yr ŷd rŵan, Dorothy, ac mi awn ni'n dwy i'r tŷ i wneud bwyd i'r dynion."

Dilynodd Dorothy'r fistras i'r tŷ. Roedd y gegin yn dywyll a phrin y gallai weld dim nes i'w llygaid arfer gyda'r tywyllwch. Ond gallai weld bod Robert Roberts yn eistedd wrth y bwrdd. Roedd ei ysgwyddau'n grwm a'i ben yn ei ddwylo.

"Mae gennych chi hyd at ddiwedd y mis, Robert Roberts, neu fe wyddoch yn iawn beth fydd y canlyniad."

"Ond rydw i wedi gorfod gwario i wella'r to ar y beudy, neu fydd gen i nunlle sych i roi'r gwartheg, a'r gaeaf ar ddod."

"Ydach chi'n awgrymu nad ydi Syr Watkin yn rhoi adeiladau digon da i chi yma, Roberts, a'i fod o'n ddiofal o'i denantiaid?" Symudodd Twm Twm yn nes at y bwrdd. Sgyrnygodd y mastiff a dangos ei ddannedd, ei glustiau yn ôl.

"Nac ydw, Williams, rydach chi'n gwybod 'mod i wedi bod yn denant yma yn Nhyddyn Gwynt ers dros ugain mlynedd, ac wedi talu'r rhent bob mis yn brydlon, ond mae'n ddyddiau anodd arnon ni a'r beudy angen ei doi a ..."

"Chi sy'n dweud fod y beudy angen ei doi. Roeddwn i'n gweld y to mewn cyflwr digon da y tro diwethaf fues i yma."

"Na, mi chwalodd ar y gwynt ..." ceisiodd y mistar.

"Diwedd y mis, Robert Roberts, neu mi fydd yn rhaid meddwl am ffordd arall i chi dalu'ch dyled."

"Be dach chi isho?" Daeth rhuthr o gyfeiriad y drws. Yno yn dywyll yn erbyn golau gwan y lleuad safai Ellis.

"Ellis!" Rhuthrodd y fistras tuag ato, gan afael am ei fraich, ond brasgamodd Ellis i mewn i'r gegin.

"Be mae hwn a'i gi rhech isho yma, nhad?"

"Ellis!" Cododd ei dad. "O ble doist ti rŵan? Paid â chynhyrfu, dim ond dwad am sgwrs wnaeth Mr Williams, wel'di."

"Sgwrs o ddiawl!" Rhoddodd Ellis wthiad i'r gadair nes i honno daro yn erbyn Twm Twm, a bu bron i hwnnw ddisgyn. Sythodd Twm Twm a chodi ei ddwrn.

"Ty'd ta'r cachgi ddiawl," a chamodd Ellis yn nes at y gwas. Rhoddodd y fistras sgrech, a rhuthrodd y mastiff am Ellis. Symudodd hwnnw'n sydyn nes iddo gael cadair rhyngddo a'r dannedd miniog.

"Na, Ellis!"

"Ddyn, cadwch drefn ar eich mab, yn enw rheswm, neu fe fydd yn rhaid galw'r cwnstabl yma i'w arestio. Mae rhwystro gwaith pobl barchus fel ni yn groes i'r gyfraith, wyddoch chi ..." Cydiodd Williams yng ngholer y mastiff. Doedd o ddim am i bethau fynd yn flêr, eto.

"Ydi dod i gartref dyn gonest fel fy nhad i'w boeni a'i fygwth ddim yn erbyn y gyfraith, felly? Diolch i'r drefn i mi ddod adre o Amwythig pan ddois i ..."

"Hisht rŵan, Ellis," ceisiodd y fistras wedyn, gan dynnu yn ei fraich tua'r drws.

"Adre o Amwythig, ia? Wedi bod yn pladuro, mae'n debyg?" Rhoddodd yr asiant chwarddiad fach. "Mae yna arian da i'w gael yn swydd Amwythig, yn ôl y sôn. Fydd talu'r rhent ddim yn broblem felly, yn na fydd, Robert Roberts? O, a gobeithio na fuoch chi'n gwario ar faglau newydd i ddal cwningod tra buoch chi yn Amwythig, Ellis? Dwi'n cadw llygad arnoch chi, cofiwch! Noswaith dda i chi."

Trodd Williams yr asiant. Roedd o wedi synhwyro fod yn well iddo ef, ei was bach a'r ci adael cyn i'r dynion ddod i mewn am eu bwyd.

Pennod 6

Y noson honno, gorweddai Dorothy yn ei gwely yn y groglofft uwchben y gegin yn gwrando ar sgwrsio'r mistar a'r fistras. Roedd Ellis yn ei wely uwchben y stabl, a rhywsut, er ei fod yn un gwyllt, teimlai Dorothy yn fwy diogel rŵan fod yntau adre.

Gwyddai oddi wrth dôn y lleisiau fod ymweliad yr asiant yn achosi pryder. Os na ddeuai arian i dalu rhent yna byddai'n rhaid ei dalu mewn ffordd arall, a'r ffordd rwyddaf o gael rhent heb arian oedd gyrru'r beili i'r fferm i atafaelu eiddo. Byddai'r beili yn dewis celfi, neu waeth fyth wartheg, ac yn mynd â nhw i'w gwerthu er mwyn cael arian y rhent.

"Ond fedrwn ni byth gael y swm yna erbyn hynny. Mi fydd yn rhaid i ni gael gwared o ..." Roedd llais y fistras yn llawn pryder. Cododd gan adael i'r gadair grafu'r llawr carreg, fel na chlywodd Dorothy ddiwedd y frawddeg.

Yno yn ei gwely, cyflymodd calon Dorothy. Oedden nhw'n siarad amdani hi? Oedden nhw'n mynd i ofyn iddi hi adael? Wedi'r cyfan, roedd hi'n geg arall i'w bwydo, er nad oedd hi'n cael dim cyflog, wrth gwrs, ond roedd hi'n cael to uwch ei phen a bwyd yn ei bol. Os oedd yn rhaid iddi adael, lle byddai'n mynd? Beth fyddai'n digwydd iddi? Doedd ond un lle i ferched tlawd ac amddifad fel hi. Y wyrcws yn y Bala oedd fan honno. Bu'n troi a throsi drwy'r nos, ei breuddwyd yn llawn o bennau lloeau i'w bwyta a bariau haearn ar ffenestri.

Cyn diwedd yr wythnos, cafodd Dorothy fynd efo Ellis i'r dref. Wedi gorffen rhannu'r wyau, roedd ganddi amser i fynd heibio'r apothecari i weld Daniel.

"Ydyn nhw wedi dweud wrthat ti dy fod di'n gorfod gadael, Dorothy?"

Pwyntiodd Daniel at y bocs o dan y ffenestr yn y stordy. Roedd golwg ddigalon ar ei chwaer.

"Eistedd i lawr, Dorothy, a deud yn iawn beth mae'r fistras wedi ei ddweud wrthat ti. Ddaeth yr asiant heibio Tyddyn Gwynt, yn do?"

Syllodd Daniel ar yr wyneb gwelw.

"Do, roedden ni i gyd yn yr ŷd. Dydi Mr Roberts ddim wedi talu'r rhent, ac mae Williams yn deud y bydd o'n gyrru'r beiliffs draw os na fedran nhw dalu erbyn diwedd y mis, ac felly fedran nhw mo fy nghadw i, yn na fedran, felly mi fydd yn rhaid i mi fynd i'r wyrcws, yn bydd, Daniel, a dwi ddim isho mynd i fan'no, achos mae o'n lle ofnadwy, meddan nhw."

"Ydi, lle diawledig ydi o." Gallai Dorothy daeru iddi glywed llais yn sibrwd, "lle diawledig, lle diawledig, lle diawledig ..."

Edrychodd o'i chwmpas yn wyllt, ond doedd neb yno ond Daniel a hithau.

"Pwy ddeudodd hynna?"

"Be?" Trodd Daniel i edrych arni. "Glywes i ddim byd."

"Maen nhw'n deud, sti, Daniel, fod *overseer* y wyrcws yn chwipio pobl am ddim byd, ac mai'r unig beth sydd yno i'w fwyta ydi pen llo a bara ceirch, a bod yn rhaid torri cerrig o fore tan nos ... wyt ti'n meddwl mai yno bydda i, Daniel?"

"Nage siŵr, mi ddaw pethau'n well, a phrun bynnag, dydi Mrs Roberts ddim wedi dweud bod yn rhaid i ti fynd eto, yn nag ydi? Beth bynnag, beth am i ti fynd allan at y groes i aros am Ellis? Mi ddo i â darn o licrish i ti os medra i."

Canodd cloch y siop. Cododd Dorothy yn sydyn. Roedd rhywbeth yn od am y stordy heddiw, a'i brawd fel petai eisiau iddi adael.

"Rhaid i ti fynd rŵan, Dorothy, achos mae Mr Thomas angen i mi edrych ar ôl y siop gan fod Smythe wedi mynd i nôl siwgr."

Daliodd ei brawd ddrws y stordy ar agor, a gallai Dorothy daeru fod rhywbeth wedi ei phasio yn y drws, neu fod y gwynt yn codi, er bod dail y coed ar stryd fawr y Bala yn hollol lonydd.

Brysiodd Daniel trwy'r llenni melfed a wahanai'r stordy oddi wrth y siop. Teimlai'n nerfus. Heddiw oedd y diwrnod cyntaf i Mr Thomas y fferyllydd adael iddo fod tu ôl i'r cownter ar ei ben ei hun. Teimlodd rywbeth ysgafn yn brwsio heibio ei foch a gwyddai nad oedd ar ei ben ei hun mewn gwirionedd.

"Dos 'nôl i'r stordy," sibrydodd cyn wynebu'r cownter, ei galon yn curo. Doedd cael Eldra efo fo yn y siop ddim yn syniad da; gallai honno wneud llanast dim ond wrth aros yn llonydd.

"Ond dim ond ti sy 'ma yntê, Daniel, dim ond ti a fi," meddai honno, ei llygaid gloyw yn dawnsio. "Wna i ddim byd, dwi'n addo, mi wna i guddio o dan y cownter yn ddistaw, ddistaw ..."

Camodd Daniel heibio'r llenni.

"Oes yna ddim siawns cael sylw yma heddiw?" sniffiodd rhywun o dan ei het.

"Mae'n ddrwg gen i, Miss Pugh, wnes i ddim clywed y gloch."

"O dyna ni. Ydi Mr Thomas yma heddiw?" Cymerodd Miss Pugh un cam yn ei hôl, fel petai am ei throi hi am adre. Doedd hi ddim yn siŵr o'r bachgen yma. Wyddai hi ddim a allai hi ei drystio i'w syrfio hi – beth petai o'n rhoi'r feddyginiaeth anghywir iddi?

"Fedra i estyn rhywbeth i chi, Miss Pugh?" Ceisiodd Daniel ddefnyddio ei lais mwyaf rhesymol a chall. Roedd yn rhaid bod yn gyfrifol yng ngofal apothecari fel hyn.

"Fedra i eich helpu chi?" gwichiodd llais y tu ôl iddo yn rhywle.

Craffodd Miss Pugh arno, ei llygaid fel botymau y tu ôl i wydrau'r sbectol gron. Pesychodd Daniel – gwyddai fod Eldra yno y tu ôl i'r cownter yn cuddio wrth ei draed. Yna gwyliodd wrth i law wen symud ar hyd ymyl y cownter gan godi awel fechan oedd yn ddigon i godi'r papur lapio llwyd, a'i symud yn araf ar hyd y cownter.

Ceisiodd Daniel dynnu sylw'r wraig.

"Beth gymrwch chi heddiw, Miss Pugh? Gymrwch chi 'chydig o ddail camomeil, neu beth am ...?"

Ond roedd llygaid Miss Kitty Pugh wedi eu hoelio ar y papur llwyd oedd erbyn hyn yn llithro'n araf ar hyd y cownter.

Rhoddodd Daniel ei law ar y papur a'i gipio o afael y llaw wen, a chlywodd y chwerthiniad bach yn diflannu i ganol plygiadau'r llenni.

"Beth am 'chydig o'r tabledi duon yma? Mae rhain yn rhai da ac yn boblogaidd iawn, wyddoch chi ..."

Safai Miss Pugh yno, yn hollol lonydd, ei cheg yn agor a chau, yna nodiodd cyn cymryd y pecyn o dabledi duon gan Daniel. Estynnodd yr arian a throdd am y drws, y pecyn yn dynn yn ei llaw.

Rhoddodd Daniel ochenaid o ryddhad. Edrychodd ar y jar a chraffodd ar y label, ond fedrai o ddim deall y geiriau arni.

Yna canodd y gloch unwaith eto, a daeth Ellis Roberts Tyddyn Gwynt i mewn i'r siop.

"Be wnest ti i Miss Pugh, druan? Weles i 'rioed neb yn dod allan o siop fferyllydd mor sydyn!"

Gwenodd Daniel. Roedd o'n hoff o Ellis – roedd o a'i rieni wedi bod yn garedig wrth ei chwaer, a gwyddai fod Dorothy yn meddwl y byd o'r bachgen ifanc. Ond roedd o hefyd wedi clywed ambell si o amgylch y dref am y bachgen penboeth – rhai yn honni ei fod wedi codi dwrn ar Twm Twm a'r asiant pan oedd rheiny wedi galw yn Nhyddyn Gwynt. Ac roedd wedi clywed sgwrs Mr Thomas a Michael D. Jones ddoe pan ddaeth Michael D. i nôl rhywbeth at ei ddiffyg cwsg.

"Mi fydd yn rhaid i Ellis Tyddyn Gwynt fod yn ofalus wyddoch chi, Michael. Rydan ni i gyd yn gwybod am Williams – mi fydd hwnnw wedi ystumio beth ddigwyddodd y tu hwnt i unrhyw wirionedd, ac mi fydd y bachgen mewn trafferth. Mi glywes ei fod o'n fachgen cryf, a gormod o dân yn ei fol weithiau."

"Dwi'n cytuno efo chi, Mr Thomas. Fydda fo'n ddim gan y dyn yna ei gyhuddo ar gam, ond amddiffyn ei dad a'i fam oedd o, yn ôl be glywes i, ac mae angen hogie fel fo arnon ni – dim digon o dân mewn boliau ydi bai mawr y dref fach yma."

Gwenodd Daniel wrth gofio geiriau Michael D. Jones. Fyddai neb yn cael y gorau ar hwn ar chwarae bach. Ond wedyn, daeth amheuaeth dros Daniel – cofiodd eiriau Dorothy. Os oedd yr asiant angen ei rent, yna doedd wybod beth fyddai diwedd pethau.

"Ydi dy chwaer yma, Daniel?" Cododd Ellis y jar o dabledi duon a'u hastudio am funud, cyn ei rhoi yn ôl ar y cownter. "Dwi wedi cael ordors gan Mam i ddod i'w nôl hi. Mae'r drol gen i a dwi am fynd adre cyn nos."

"Ydi popeth yn iawn acw, Ellis?" Doedd Daniel ddim am sôn am bryderon Dorothy, ond eto, roedd o angen gwybod bod popeth yn iawn.

"Ydi, diolch i ti, Daniel. Mae Dorothy wedi setlo'n dda acw, a Mam yn ei chanmol, wyddost ti. Ydi hi yma?"

"Ydi, mi alwa i arni rŵan." Brysiodd Daniel trwodd i'r stordy a galw ar ei chwaer oedd yn eistedd yn gwylio'r mynd a'r dod ar hyd y stryd.

Dilynodd ei chwaer Daniel i'r siop a heibio'r cownter at Ellis. Winciodd Daniel ar ei chwaer a gwenu. Gobeithiai fod hynny'n ddigon o arwydd nad oedd o'n credu bod ganddi achos i boeni am ei lle yn Nhyddyn Gwynt.

Gwyliodd Ellis yn helpu ei chwaer i esgyn i'r drol. Daeth teimlad rhyfedd drosto wrth wylio'r ddau yn pellhau yn y drol. Roedd Ellis yn fachgen ifanc oedd yn haeddu bywyd tawel didrafferth, fel y rhan fwyaf o bobl yr ardal. Gobeithiai na fyddai Williams a'i fath yn gwthio'r bachgen ifanc yn rhy bell. Roedd Ellis wedi dioddef digon yn barod, yn ôl y sôn, yn colli ei gariad fel yna, ond chafodd Daniel ddim cyfle i feddwl chwaneg am y stori ryfedd honno.

Roedd Smythe yn brysio ar hyd y stryd, a daliodd Daniel y drws ar agor i'r siopwr gael dod i mewn.

"Fu hi'n brysur arnat ti, Daniel?" sniffiodd, wrth wthio tu ôl i'r cownter a gafael yn y jar o bils du, cyn eu rhoi yn ôl ar y silff. "Pwy fuodd i mewn?"

"Dim ond Miss Pugh," meddai Daniel, gan gofio'n sydyn am Eldra. Rhegodd hi o dan ei wynt a gobeithio nad oedd hi'n dal yn y stordy.

"Duwcs annwyl, nid rheina ydi'r pils mae Miss Pugh eisiau fel arfer chwaith," meddai Smythe. Darllenodd y label yn uchel – "*Charcoal pills, for the treatment of flatulence.*"

Doedd dim smic i'w glywed o'r cefn – mae'n rhaid bod Eldra wedi diflannu, felly, diolchodd Daniel – cyn troi at Smythe:

"Be mae hynna'n feddwl 'ta? Pils at be ydi rheina, Smythe?"

"At wynt, sti, os wyt ti'n – wel ti'n gwybod, torri gwynt, yntê ... wsti ... o'r pen isa ... ddeudodd Miss Pugh fod ganddi drafferth gwynt, Daniel? Peth rhyfedd iddi hi."

"Ym ... naddo, fi gymrodd mae rheina oedd hi isho ... wnân nhw ddrwg iddi?"

"Na wnân, dim ond gobeithio nad ydi hi'n mynd i unman tawel, yntê, neu ..."

Trwy'r llenni, gallai Daniel glywed rhywun yn chwerthin yn ysgafn.

"Be oedd hwnna?" holodd Smythe.

"O, 'chydig o wynt, dwi'n meddwl," a rhuthrodd Daniel trwodd i'r stordy.

Pennod 7

"Ond dwi ddim eisiau gadael fan hyn, sti. Yma mae 'nghartre i, a fan hyn mae fy ffrindia a 'nheulu fi, yntê, a fan hyn mae, wel ..."

Pwysai Ellis ar y clawdd yn sgwrsio efo Wil Ifan. Roedd hwnnw ar ei ffordd adre, ac Ellis wrthi'n codi cerrig oedd wedi disgyn i gau'r bwlch. Roedd dwy o'r defaid wedi dianc, ac roedd Ellis wedi gorfod dod yn syth i drwsio'r wal, rhag i ragor ohonynt fynd ar grwydr.

"Ia, wn i, dwinna'n teimlo run fath â chdi, wsti, Ellis, ond wedyn, mae o'n gyfle da."

"Ond wyddon ni ddim byd am y wlad newydd yma. O leiaf yn fan hyn rydan ni'n nabod y tir, yn gwybod beth sydd i fod i dyfu yma, a pryd mae'n blaguro ac ati. Ac yn fan hyn dwi'n nabod y tyrchod daear ddiawl hefyd!"

Chwarddodd Wil Ifan.

"Wyt ti'n cael trafferth efo'r tyrchod? Pam na ofynni di i Thomas yr apothecari am wenwyn iddyn nhw?"

"Ia, ond mewn gwlad newydd, sti – mi fyddai'n rhaid dysgu bob dim o'r newydd eto, yn bydde, ac mae'n siŵr y bydde yna anifeiliaid tipyn mwy peryg na thyrchod yno!"

Roedd y ddau wedi bod mewn cyfarfod y noson cynt yn y Bala, ac yno roedd Michael D. Jones wedi bod yn sôn am ei gynllun newydd. Roedd o am i bobl roi eu henwau, i ymrwymo i adael Cymru a hwylio ar long i wlad newydd rhywle ar dir de America. Yno fe fydden nhw'n medru dechrau bywyd newydd, trin y tir, adeiladu ysgolion a chapeli a siopau, a hynny heb gael eu rheoli gan Syr Watkin Williams-Wynne na'i asiant tir, Williams, a'u tebyg. Yno fe fydden nhw'n rhydd, yn cael pleidlais gudd, yn cael gwneud penderfyniadau, yn feistri dros eu bywydau ei hunain yn lle gorfod plygu i reolau'r meistri tir o hyd. Yno hefyd y byddai llysoedd barn fyddai'n trin pobl yn deg, heb ochri gyda'r meistri bob tro.

Neithiwr roedden nhw wedi clywed hanes Seth, Rhyd Wen. Roedd o yn y carchar yn Nolgellau ers pythefnos yn aros ei ddedfryd. Dwyn oedd y cyhuddiad yn ei erbyn, dwyn dwy gwningen. Ysgydwodd Ellis ei ben.

"Dwyn o ddiawl – eu dal nhw wnaeth o i fwydo ei deulu!" Rhoddodd Ellis y garreg nesaf i lawr yn y clawdd gyda hergwd. "Y meistr tir fydd pia'r adar bach nesa, dim ond am eu bod nhw'n nythu yn y llwyni ar ei dir o, neu'n fflio uwchben to plas Glan-llyn."

"Ie – fel mai nhw sydd pia'r pysgod yn yr afon yn barod, dim ond am fod honno'n llifo trwy'u tir," meddai Wil wedyn.

Nodiodd Ellis. Doedd o ddim wedi blasu brithyll nac eog ers misoedd, ac a dweud y gwir, doedd o fawr o awydd blasu 'run chwaith.

Synhwyrodd Wil Ifan fod ei gyfaill yn dechrau hel meddyliau a difarodd yn syth ei fod wedi sôn dim am bysgota. Doedd Wil Ifan yn sicr ddim eisiau atgoffa Ellis o'r ddamwain ofnadwy honno, rai blynyddoedd yn ôl, pan ddiflannodd ei gariad, y ferch dywyll, hardd honno o deulu'r sipsiwn. Doedd neb wedi gweld arwydd ohoni wedi'r noson honno, er i Ellis grwydro glannau'r afon am nosweithiau wedyn. Cododd Wil Ifan garreg arall, ac astudiodd y bwlch, gan geisio penderfynu lle i osod y garreg i gloi pen y wal. Trodd at Ellis.

"Wel, falle fod Michael D. Jones yn iawn, felly, Ellis. Dwn i ddim be ddaw o Seth na'r teulu. Os na chaiff Seth ddod o'r carchar yn fuan, mi fydd hi ar ben arnyn nhw ... maen nhw'n deud fod Williams wedi bod yno yn barod yn rhoi notis i'r wraig. Maen nhw i adael cyn diwedd y mis."

Gollyngodd Ellis y garreg olaf i'w lle, pwyso ei gefn yn erbyn y clawdd, a chodi ei gap i wthio'r cudyn gwallt o'i lygaid. Gallai Wil Ifan weld y llygaid tywyll yn culhau, y tymer yn codi. Rhywsut gwyddai Wil Ifan y byddai'n rhaid iddo berswadio ei ffrind i ymuno â'r criw a symud i'r Wladfa, neu'n hwyr neu hwyrach, mi fyddai Ellis – fel Seth – yn y carchar yn Nolgellau, neu'n waeth fyth ar long carcharorion ar ei ffordd i waelod y byd.

"Ellis! Ellis!"

Gallai'r ddau glywed y gweiddi ymhell cyn i ben Dorothy ddod i'r golwg. Sythodd y ddau; roedd rhywbeth yn ei llais yn dweud wrthyn nhw fod rhywbeth yn bod.

"Ellis, rhaid i ti ddod, brysia!"

Sgrialodd Dorothy ar hyd y ffordd drol, ei gwallt yn rhydd, a'i chlocsiau yn gwneud i'r cerrig rhydd sboncio i bob cyfeiriad. "Ellis, mae'r gwydda ... maen nhw'n llonydd, ac mae'r fistras yn waed i gyd. Ty'd, brysia!"

"Aros, Dorothy, dwyt ti'n gwneud dim synnwyr. Aros a dweud yn iawn."

Ond roedd Dorothy wedi troi yn ei hôl ac yn rhedeg eto i lawr i gyfeiriad Tyddyn Gwynt. Dilynodd Ellis a Wil Ifan hi, y ddau yn llamu dros y twmpathau brwyn, eu hanadl yn boeth a'u traed yn suddo i'r tir corsiog. Yma ac acw, codai'r ehedydd yn swnllyd o'r ddaear wrth weld y traed yn nesu, gan esgyn i fyny, fyny, fyny i gael gweld beth oedd achos y cynnwrf.

Neidiodd Ellis y gamfa o flaen y tŷ, cyn aros yn stond i weld yr olygfa druenus o'i flaen. Yno roedd ei fam yn penlinio, ei breichiau'n dal pwysau'r ŵydd, ei dwylo'n waed a'r plu gwyn yn glynu wrth ei hwyneb. Heb fod yn bell roedd dwy ŵydd arall yn gorwedd yn hollol lonydd, eu gyddfau'n llipa a'u gwaed yn lledu'n batrwm o rwd hyll ar hyd y plu glân. Ym mhen draw'r iard dawnsiai'r clagwydd ddawns ddychrynllyd, yn clebar ei gynddaredd, ei adenydd yn curo'r awyr yn wyllt, ei symudiadau yn herciog ac yn llawn arswyd.

Rhuthrodd Dorothy at y fistras, gan geisio ei helpu i godi, nes oedd ei ffedog hithau'n waed ac yn blu i gyd.

"Diolch i ti 'ngenath i," a chymerodd fraich y ferch i'w helpu ar ei thraed.

"Be ddigwyddodd? Mam, ydach chi'n iawn, ydach chi wedi brifo?" Trodd Ellis ei sylw oddi ar yr ŵydd wrth ei draed a gafaelodd yn ei fam.

"Ydw, dwi'n iawn siŵr, nid fy ngwaed i ydi o, ond edrych, Ellis, ar y gwydda – oes rhywbeth medrwn ni wneud i achub hon?"

Roedd Mrs Roberts wedi lapio sach am yr ŵydd oedd yn dal i anadlu. Cododd Ellis y corff druan a'i chario i'r beudy, gosododd hi i lawr yn y gwair yn ofalus, a chaeodd y drws arni. Byddai ei fam yn mynd yn ôl ati toc, gydag eli dail i geisio rhwbio peth o hwnnw ar y briwiau, ond doedd Ellis ddim yn meddwl y byddai'n byw.

"Welest ti rywbeth, Dorothy?" holodd Wil, wrth helpu Ellis i hongian y ddwy ŵydd farw.

"Mi glywes i sŵn y clagwydd a sŵn cyfarth, ond erbyn i mi gyrraedd allan o'r golchdy roedd y tair gŵydd ar y llawr, a'r clagwydd yn hisian a chlebar. Mi redes i wedyn at y clawdd ac roedd yna un ci yn neidio'r gamfa, a chi arall wedi cyrraedd y ffordd erbyn hynny ..."

"Dau gi?" Chwibanodd Wil Ifan. "Oedd, mae'n debyg. Mi fydda'n rhaid cael dau gi i wneud mistar ar y clagwydd yna ... mae o'n edrych yn reit ffyrnig, Mrs Roberts."

"Oedd yna rywun efo'r ci, Dorothy?"

"Oedd, wel, mi weles i gefn rhywun yn rhedeg lawr ar hyd y ffordd ..."

"Wnest ti ei nabod o?" Roedd Ellis wedi troi oddi wrth y gwyddau ac yn edrych ar Dorothy, ei lygaid yn treiddio i mewn i'w rhai hi. Fedrai Dorothy ddim tynnu ei llygaid oddi arno – bron fel petai wedi rhoi swyn arni.

"Pwy oedd o, Dorothy?"

"Gad iddi, Ellis, doedd hi ddim digon agos i weld neb, siŵr," meddai'r fistras. "Ty'd, Dorothy, mi awn ni i chwilio am eli i drio gwneud rhywbeth efo'r ŵydd arall yna."

Dilynodd Dorothy'r fistras yn ôl am y tŷ. Roedd y dillad y bu'n eu golchi yn dal yn y twb a'r dŵr yn oer. Byddai'n rhaid mynd ati i ailferwi'r dŵr eto – roedd yna fwy o ddillad angen eu golchi erbyn hyn, ac roedd haul y bore wedi ei wastraffu i gyd. Fyddai'r dillad ddim yn sychu bellach a hithau'n amser cinio.

"Dario, does yna ddim o'r eli dail ar ôl. Mi rois i'r jar olaf, yn do? Doeddwn i ddim yn cofio ... a rŵan does yna ddim dail ar ôl i mi wneud rhagor chwaith."

"Fysach chi'n licio i mi fynd lawr i'r Bala i weld oes ganddyn nhw rywbeth i wella'r ŵydd yn yr apothecari, Mrs Roberts?" Ceisiai Dorothy feddwl am unrhyw beth i gysuro'r fistras – roedd golwg mor ddigalon arni. "Mae yna bob mathau o jariau yno, wyddoch chi, yn y stordy lle mae Daniel yn gweithio, jariau o eli a ffisig. Mae yna rywbeth yno i wella bob dim, medda Daniel. Dwi'n siŵr y baswn ni'n cael rhywbeth at y briwiau yno."

Ond dal i sefyll yn ei hunfan wnâi'r fistras.

"Fydda i ddim chwinciad yn mynd i lawr i Bala – mi fedraf redeg ..."

Eisteddodd y fistras ar y stôl fach wrth y tân. Rhoddodd ei phen yn ei dwylo ac ochneidio, yna cododd ei phen yn sydyn.

"Paid â dweud wrth Ellis pwy welest ti ar y ffordd, Dorothy. Wneith hynny ddim byd ond ei yrru i wneud rhywbeth gwirion. Rydan ni mewn digon o helbul fel rydan ni, ac mae Ellis yn un mor wyllt."

Erbyn i Dorothy gael y dillad allan ar y lein, a'r plu i gyd wedi eu sgubo o'r golwg, roedd hi'n hwyr y p'nawn. Agorodd ddrws y beudy yn dawel i gymryd sbec ar yr ŵydd. Roedd hi'n dal yn fyw, o leiaf. Ceisiodd yr ŵydd ysgwyd ychydig ar ei phlu, fel petai am drio dianc; roedd hi'n dal i gofio am y dannedd miniog.

"Shhh," symudodd Dorothy'n araf ac esmwythodd y plu. "Shhh, dim ond fi sydd yma, dwyt ti ddim mewn peryg rŵan ..."

Goleuodd y beudy eto. Roedd rhywun wedi gwthio'r drws ar agor, a throdd i weld Ellis yno'n edrych arni.

"Wneith hi fyw, Dorothy?" gofynnodd.

"Gwneith, dwi'n meddwl, mi dria i ddod â 'chydig o uwd tena iddi i'w fwyta."

"Ia," nodiodd Ellis, a throi am y drws. Yna trodd yn ei ôl i edrych arni. "Welest ti pwy oedd efo'r cŵn, Dorothy?"

"Na," meddai, "weles i mo'i wyneb o, sti."

"Ond mi welest ti ei gefn o, Dorothy? Het silc ddu oedd ganddo am ei ben, ie?"

"Nage."

Symudodd Ellis yn ôl at ei hochr, ac esmwythodd blu'r ŵydd.

"Diolch i ti, Dorothy. Diolch i ti am fod yma'n gefn i Mam. Mae hi'n meddwl y byd ohonat ti, sti, ac edrych ar yr hen ŵydd – mae hi'n siŵr o fendio efo chdi yma'n gofalu amdani."

Gwenodd Ellis arni a theimlodd Dorothy ei bochau'n cochi. Cododd Ellis, agorodd y drws a daeth y golau yn ôl i lenwi'r beudy.

"Ellis," galwodd Dorothy, "het flewog, efo cynffon arni oedd ganddo fo." Cyn iddi orffen ei brawddeg, roedd Dorothy'n difaru dweud wrtho. "Ond paid â gneud dim byd gwirion, yn na wnei?"

Caeodd Ellis y drws yn dawel, a gadael Dorothy yno yn y tywyllwch efo'r ŵydd.

Pennod 8

Roedd cynlluniau Michael D. Jones yn mynd yn eu blaenau, gyda'r ddau fu drosodd ym Mhatagonia yn bendant o'r farn fod y tiroedd yn ddigon addas ar gyfer ymfudo yno. Roedd Lewis Jones a Love Jones Parry yn siŵr mai dyma'r lle iawn i sefydlu Gwladfa newydd. Ond roedd gan Michael D. waith hyrwyddo'r fenter – doedd y Cymry ddim mor hoff â hynny o fentro rhoi blaenau eu traed yn nŵr oer y cefnfor.

Eisteddodd wrth ei ddesg a thynnu ei law dros ei farf drwchus. Byddai hwb bach eto'n gwneud dim drwg, meddyliodd. Cododd ei ysbgrifbin a dechrau ysgrifennu –

"Nid oes yr un genedl mor fodlon i'w chaethiwed, yr un genedl mor barod i ddiraddio ei phlant ei hun a dyrchafu estroniaid. Bydd y Cymry cyfoethog yn cynffonna i'r Saeson, ac yn llyfu llwch eu traed ... gan ddweud mai ffafr i'r Cymry yw cael byw o dan bawen y Saeson. Pwy glywodd sôn am Gymro yn y Senedd yn agor ei enau dros y Cymry? ... Nid yw y Cymry yn awr yn talu parch i neb oni bai ei fod yn fab i ryw lord, dug neu farcwis ... Mae'n rhaid i ni gael gwladfa newydd i ni ein hunain, i reoli ein hunain, i sicrhau tegwch i'n pobl. Mae'r afon o

ymfudwyr yn llifo'n barod, gan adael Cymru a
chwalu i bob rhan o'r byd, ac wrth chwalu felly yn
colli ein hiaith a'n traddodiadau. Fe all hynny newid,
ond i ni gael trefn ar y ffordd rydym yn ymfudo. Yn
hytrach na chwalu yma ac acw ar hyd y byd, fe
allwn gyfeirio'r afon o ymfudwyr i'r un cyfeiriad i
wneud un môr mawr Cymreig yn y Wladfa, ym
Mhatagonia. Dewch, rydym wedi bod yn ddigon hir
yn gwasanaethu, mae yn hen bryd i ni feddwl am
deyrnasu drosom ein hunain. Nawr yw ein cyfle,
peidiwch â'i golli, ymunwch â'r fordaith heddiw,
rhowch eich henwau!"

Ei waith ef oedd procio cydwybod y Cymry, a byddai hwn yn ymddangos yn y papur newydd cyn diwedd yr wythnos. Gwenodd ac ymestyn ei goesau. Er ei fod wedi blino, roedd ganddo waith eto i'w wneud. Newydd ddychwelyd yr oedd o'i daith i siroedd y de, ac yno roedd diddordeb mawr yn y syniad o ymfudo. Roedden nhw wedi cael digon ar feistri'r gweithfeydd glo a dur, ac roedden nhw'n dechrau rhoi eu henwau ar gyfer y fenter. Roedd wedi cael addewid am long yn barod hefyd – roedd yr *Halton Castle* yn llong braf, wedi ei pharatoi yn barod ar gyfer cario pobl.

Cododd. Roedd ganddo waith perswadio pobl y gogledd erbyn hyn. Byddai angen ffermwyr a chrefftwyr ar y Wladfa newydd, ac roedd ffermwyr yr ardal yn cael pethau'n ddigon anodd. Pendronodd – pam felly eu bod mor amharod i ymuno?

Trwy'r ffenestr edrychodd ar dref braf y Bala, y strydoedd taclus a'r stryd fawr lydan gyda'r coed ar bob ochr iddi.

Edrychai popeth mor dawel a threfnus. Gwyliodd y bobl yn brysio yma ac acw, pawb ar ryw berwyl, pawb yn edrych yn ddigon bodlon eu byd. Ond gwyddai hefyd petai'n crafu o dan yr wyneb y byddai'r anfodlonrwydd a'r annhegwch yn codi'n ferw'n fuan iawn. Digon hawdd oedd iddo ef a Thomas y fferyllydd geisio tawelu pryder y wraig fach ffyslyd Miss Kitty Pugh, oedd yn hollol argyhoeddiedig fod y milisia am ddod i'r Bala, ond rhywsut roedd pobl fel Miss Pugh yn ddrych i beth oedd gwir stad y dref. Dim ond aros am funud i gael sgwrs gyda Miss Pugh, a byddech yn gwybod yn weddol sicr sut roedd y gwynt yn chwythu. Roedd Thomas y fferyllydd yn gwerthu dail te camomeil at nerfau i Miss Pugh bob dydd bron, a'r wythnos diwethaf roedd o wedi gorfod rhoi dos iawn o *Potassium Bromide* iddi am ei bod yn dueddol o lewygu ar ddim byd. Doedd o erioed wedi gorfod gwneud hynny o'r blaen. Mae'n rhaid fod pethau'n o ddrwg; doedd Thomas y fferyllydd ddim yn gredwr mewn cymryd cyffuriau os nad oedd yn rhaid.

Rhoddodd Michael D. Jones ei gôt frethyn amdano. Byddai'n cymryd pum munud oddi wrth ei waith i ymweld â'i gyfaill yn yr apothecari, ac i fynd draw at y llyn i fyfyrio – roedd arno angen 'chydig o awyr iach. Nodiodd ar hwn a'r llall wrth fynd yn ei flaen. Roedd pawb yn adnabod y prifathro. Er ei fod yn greadur rhyfedd, yn mynnu gwisgo dim ond dillad wedi eu gwneud o frethyn Cymreig, ei drowsus pen-glin a'i sanau gwlân trwchus, roedd hefyd yn ennyn parch yn y dref. Wedi'r cwbl, roedd Michael D. a'i syniadau od yn ceisio cael y gorau i'r bobl gyffredin. Roedd o ar eu hochr nhw, ac roedd pawb yn cydymdeimlo, wrth gwrs, gan gofio beth digwyddodd i'w fam oedrannus. Roedd Michael D. Jones, er ei fod, wrth gwrs, yn ŵr bonheddig ag arian yn ei boced, hefyd yn un ohonyn nhw.

Sylwodd Michael D. ar y bobl ar y stryd; pawb yn rhuthro yma ac acw i gyflawni rhyw waith, y bechgyn cario yn brysio gyda'u parseli o siop i siop, ac ambell wraig fonheddig yn cerdded yn urddasol, gan geisio codi godre ei sgert rhag sugno gwlybaniaeth y stryd i'r brethyn cain. Roedd ambell hen ŵr yn stelcian ar y corneli, yn gwylio'r mynd a dod, ac roedd Dafydd Israel yn llusgo am y stryd gefn â'r wyrcws, wedi bod yn nôl rhywbeth i'r *overseer*, mae'n debyg. Sylwodd Michael D. ar yr hen ŵr a'r fflachod o esgidiau am ei draed. Fydden nhw'n fawr o amddiffynfa i'w draed pan fyddai'r rhew yn dal ei afael yn y cysgodion. Doedd yr hen ŵr prin yn medru rhoi un goes o flaen y llall, sylwodd. Byddai'n rheitiach i feistri'r wyrcws fod wedi nôl y neges eu hunain, na gyrru hen ŵr fel Dafydd Israel allan i nôl dim. Yn ei wely dylai fod, a rhywun yn dod â diod gynnes iddo. Ond doedd yna fawr o obaith o hynny'n digwydd yn y wyrcws. Fyddai neb yn ei iawn bwyll yn mentro trwy'r drws; cael eu llusgo yno gan foliau gweigion oedd hanes pawb.

Roedd yna gymaint o bethau angen eu newid yn y dref fel y bu i Michael D. deimlo rhyw bwysau anghyffredin yn dod drosto. Am funud safodd yno, ei ben ar osgo. Teimlodd ddyletswydd ei swydd yn pwyso'n drwm arno am funud, fel petai rhywun wedi gosod mantell o blwm ar ei ysgwyddau. Sut yn y byd y byddai o'n medru newid yr holl bethau oedd angen eu newid yn yr hen dref fach yma?

Rhoddodd bwniad i ddrws yr apothecari nes oedd y gloch

yn neidio. Roedd y sŵn yn ddigon i ddychryn y brain oedd yn pendwmpian yn un o goed noeth y stryd fawr. Cododd y brain fel cwmwl du gan glebar a checru – roedd hyd yn oed y brain yn benderfynol o fygu'r hwyliau da oedd arno'n gynharach.

"P'nawn da, Mr Jones."

O leiaf roedd Daniel yn swnio'n sionc a bodlon ei fyd.

"P'nawn da, Daniel, a sut mae'r byd yn dy drin di y dyddiau yma?"

"Mae'r byd yn fy nhrin i'n ddigon teg, Mr Jones, a chitha?"

Chwarddodd Michael D. Roedd o'n hoffi'r bachgen yma, roedd yna ysbryd ynddo fo. Doedd hwn ddim yn swil o ddweud ei ddweud, nid yn mynd i'w gragen wrth i rywun siarad efo fo, fel y rhan fwyaf o fechgyn ei oed a'i statws o.

"Wel ardderchog, Daniel, a sut mae busnes yn yr apothecari y dyddiau hyn? Digon o angen ffisig annwyd, mae'n debyg?"

"Oes, syr, digon o gamffor yn gwerthu heddiw, Mr Jones. Ydi'r annwyd arnoch chi hefyd? Ambell ddropyn o hwn ar lwmp siwgr, syr, a fyddwch chi ddim yr un un erbyn y bore ... neu 'chydig o opiwm efallai, hwnnw'n lles at yr annwyd hefyd ..."

Gwyliodd Daniel yn estyn y botel camffor a'r siwgr.

"Na, dwi ddim yn meddwl, Daniel. Mi wna i sticio at fêl a dŵr cynnes, ond does gen i ddim annwyd. Eisiau gair efo Mr Thomas oeddwn i, os ydi o adre?"

Stryffaglodd Smythe i mewn trwy'r llenni, gan besychu'n bwysig.

"Mr Jones," gwichiodd. Roedd gweld unrhyw un o statws yn gwneud i lais y siopwr bach godi octif neu ddwy.

"Mr Jones, *syyr*." Pwysleisiodd y 'syr'; bron nad oedd yn

moesymgrymu o flaen yr ymwelydd. Ond rhywsut roedd ei ymddygiad yn gwneud i Michael D. anesmwytho. Roedd rhywbeth yn ystum hwn yn mynd dan ei groen.

"Sut medra i eich helpu, syr?" gofynnodd Smythe wedyn.

"Dwi'n holliach, diolch i chi, Smythe. Galw i weld Mr Thomas wnes i."

Tynnodd yr amlen gyda'i erthygl ddiweddaraf allan o'i boced. Roedd o am i Mr Thomas ei gweld cyn iddo ei hanfon at olygydd y papur newydd. Roedd y fferyllydd yn un da am roi ei farn. Oedd o'n mynd dros ben llestri, tybed?

"Eisiau rhoi hwn i Mr Thomas ydw i."

Cododd yr amlen ac estynnodd Smythe ei law i'w chymryd, ond yn sydyn tynnodd Michael D. ei law yn ôl. Doedd o ddim am i hwn weld beth roedd o wedi ei ysgrifennu, ac er bod yr amlen dan sêl, roedd rhywbeth am osgo gorawyddus y dyn bach boliog a'i fysedd gwyn tewion yn gwneud iddo amau y byddai stêm y tecell yn agor y sêl cyn iddo gyrraedd pen y stryd.

"Na, mae popeth yn iawn, diolch i chi, Smythe. Mi wna i weld Mr Thomas eto."

Canodd y gloch y tu ôl iddo a daeth Mr Pugh i mewn, ei het silc ddu yn taflu cysgod tros ei wyneb gwelw. Craffodd Michael D., roedd golwg ddigon blin arno.

"Mr Pugh, sut ydach chi?"

"Dim yn dda, Mr Jones, dim yn dda o gwbwl, wyddoch chi. Mae Kitty'r ferch acw yn hysterics bron bob dydd, ei nerfau hi'n ufflon – wedi clywed rhyw si am hyn a'r llall, a'ch enw chi'n sy'n codi'r hysteria 'ma arni. Mi fysa'n dda gen i petai chi'n rhoi gorau i'r cyfarfodydd ymfflamychol yma. Does yna ddim byd arall i'w glywed o gwmpas y lle yma – Mr Michael D. Jones am i ni wneud hyn a llall bob dydd. I ble dach chi am i ni fynd rŵan, Mr Jones? Mi glywes i'ch bod chi am i ni gyd fynd ar long i ben draw'r byd ..."

"Na, Mr Pugh ..."

"Mrs Francis wedi clywed eich bod chi am hurio llong o Lerpwl, a'n symud ni i gyd i ben draw'r byd i ganol eilunod ac anwariaid. Fasa'n well i chi ganolbwyntio ar eich gwaith, syr. Mae angen pregethwyr a gweinidogion arnon ni, Mr Jones, i bregethu gair Duw ar sut i fihafio a chadw'r drefn, a'ch gwaith chi ydi eu hyfforddi nhw!"

Rhoddodd Mr Pugh hergwd i'w het silc oedd wedi llithro dros ei lygaid. Sylwodd Daniel fod dau smotyn coch ar ei ddwy foch, ac ofnai fod y dyn am gael trawiad. Ceisiodd gofio beth oedd Mr Thomas wedi ei ddweud oedd ei angen ar rywun oedd ar fin cael trawiad calon – *Digitalis*, wrth gwrs. Cymerodd gip ar y silff i edrych a fedrai weld y botel, ac estynnodd am yr ysgol.

"Gobeithio 'mod i'n hyfforddi dynion ar beth sydd yn deg a chyfiawn, Mr Pugh. Dydw i ddim ond am roi'r cyfle i'r rhai sydd *am* fynd i Wladfa newydd wneud hynny; fyddwn i ddim yn gorfodi hynny ar neb, ac wrth gwrs fyddwn i ddim yn disgwyl i chi na Miss Pugh styrbio dim."

Cododd ei het yn foesgar cyn troi am y drws. Roedd eisiau gras ac amynedd weithiau, meddyliodd.

Pennod 9

Pasiodd wythnosau ers i Dorothy fod i lawr yn y Bala yn nôl eli. Roedd pethau wedi tawelu eto, a'r sgweiar wedi cael ei arian rhent. Roedd arian y pladuro wedi achub y teulu eto am sbel, diolch i Ellis, a rhywsut roedd pawb wedi angofio am ymosodiad y cŵn, neu o leiaf doedd neb yn sôn am y peth. Gwyddai Dorothy fod Ellis wedi dod wyneb yn wyneb â Twm Twm ar sawl achlysur, ond mae'n rhaid ei fod wedi gwrando ar rybudd ei fam i beidio â chreu helynt, neu felly fyddai hi'n ceisio perswadio ei hun, beth bynnag.

Pasiodd y Nadolig heb fawr o sylw, gan nad oedd ganddyn nhw 'run ŵydd i'w rhostio. Wyddai Dorothy ddim sut y byddai'n gallu bwyta gŵydd byth eto, a hithau wedi bod wrthi'n gofalu am hon.

Roedd Dorothy wedi rhwbio'r eli i friwiau'r ŵydd bob dydd, a phob dydd roedd yr aderyn wedi cryfhau. Roedd wedi ei bwydo ag uwd tenau, gan agor ei phig a thywallt yr uwd i lawr ei gwddw. Mewn amser roedd yr ŵydd wedi gallu codi ar ei thraed a dechrau glanhau a ffysian, gan bigo a thacluso ei phlu. Gollyngodd Dorothy hi allan o'r beudy, a daeth rhyw lawenydd rhyfedd drosti wrth weld yr ŵydd yn lledu ei hadenydd, ymestyn ei gwddw hir a rhoi un waedd uchel, fel petai hi am i bawb wybod ei bod yn ôl ar ei thraed.

"Mi wnest ti'n dda." Roedd Ellis wedi canmol ei gwaith, a theimlodd Dorothy fel petai ganddi hithau adenydd hefyd.

Wedi wythnosau hir o eira a barrug, heddiw o'r diwedd roedd blas bach o'r gwanwyn yn y gwynt. Roedd y lluwchfeydd wedi meirioli, a'r dŵr yn y ffynnon yn glir o rew, a dim ond esgyrn o eira ar ôl i'w gweld ar fynydd yr Aran. Roedd y dydd yn ymestyn, a'r briallu'n glystyrau ym môn y clawdd, ac yn y llwyni roedd yr adar bach wrthi'n dechrau chwilio yma ac acw am ddeunydd i'w nythod.

Daeth Dorothy allan i ben y drws, a chwarddodd wrth i'r hen ŵydd redeg i'w chwfwr yn disgwyl crystyn. Roedd Ellis a hithau am fynd i lawr i dref y Bala – roedd y fistras angen ychydig o neges – siwgr a burum ac ambell beth arall – ac Ellis am fynd heibio'r gof. Roedd Dorothy yn edrych ymlaen, a hithau wedi bod yn sownd yn Nhyddyn Gwynt. Fe gâi gyfle i weld Daniel; doedd hi ddim wedi clywed dim o'i hanes ers wythnosau ac roedd hiraeth arni, er na fyddai byth yn cyfaddef hynny.

Er bod y drol yn neidio ac ysgwyd ar hyd y ffordd arw, roedd Dorothy wrth ei bodd yn cael eistedd wrth ymyl Ellis yn y pen blaen.

"Be wyt ti'n feddwl o gynllun Michael D. i fynd â chriw draw i'r wlad newydd yna, Dorothy? Wsti – y lle 'na, Patagonia?"

Sythodd Dorothy. Doedd neb wedi gofyn ei barn hi am ddim byd o'r blaen, dim byd o bwys beth bynnag. Arhosodd am funud cyn ateb; doedd hi ddim am ymddangos yn dwp felly roedd yn rhaid iddi ystyried cyn ateb. Edrychodd draw at lethrau'r Aran i un cyfeiriad, a'r Arennig i'r cyfeiriad arall. Byddai hi'n hoffi antur, codi pac a symud i chwilio am fywyd gwell, ond byddai ganddi hiraeth am y tir a'r pethau cyfarwydd o'i hamgylch. Fe fyddai hi'n gweld eisiau Tyddyn Gwynt hefyd. Ers iddi symud yno, roedd bywyd yn dda. A hithau bellach yn bymtheg oed, am y tro cyntaf erioed doedd dim raid iddi bryderu am y pryd nesaf, nac am gael rhywbeth am ei thraed, a dillad cynnes amdani. Roedd Mrs Roberts wedi ei chymryd i'r tŷ pan oedd pethau'n edrych yn dywyll arni, ac wedi ei thrin bron fel byddai mam yn trin ei merch.

Trodd Dorothy ei llygaid i edrych ar Ellis.

"Wel, faswn i'n ffendio hi'n anodd gadael fan hyn, sti, Ellis. Mae dy fam wedi bod mor ffeind efo fi, ac wedyn mae Daniel, yn tydi? Ella petai o'n mynd ... ac ambell un arall, mi faswn i'n meddwl am y peth."

Edrychodd Ellis arni a rhoi pwniad bach ysgafn iddi.

"O ie? Ambell un arall? Rhywun faswn i'n ei nabod?" Chwarddodd wrth weld Dorothy'n cochi.

"Na, nid dyna ro'n i'n feddwl," meddai hithau, yn flin efo hi ei hun am beidio ateb yn iawn.

"Dwi'n meddwl bod Mr Michael D. Jones yn ddyn clyfar, sti, Ellis. Mae o wedi meddwl a meddwl sut i gael chwarae teg i bobl fel ni, ond mi faswn i'n licio gweld mwy o chwarae teg yma ym Meirionnydd, heb orfod mynd i ben draw'r byd i chwilio amdano."

Nodiodd Ellis, a theimlodd Dorothy, rhywsut, ei bod hi wedi rhoi'r ateb cywir.

Wedi cyrraedd tre'r Bala, arhosodd y drol o flaen y gofaint. Roedd criw o ddynion yno'n barod, yn sgwrsio, eu sgwrs yn neidio o un i'r llall fel gwreichion y tân – yn amlwg roedd blas ar y trafod.

Ond brysiodd Dorothy i nôl neges y fistras, gan wthio'r pecyn burum i mewn i'w bag brethyn. Rhoddodd y siopwr y siwgr yn y drol a rhoddodd Dorothy'r gorchudd drosto. Yna rhedodd draw at ffenestr yr apothecari, ond doedd Daniel ddim i'w weld tu ôl i'r cownter uchel, felly aeth rownd i gefn y siop ac at ddrws y stordy. Curodd ar y drws, ond doedd dim golwg o Daniel yno chwaith. Rwbiodd gylch yn llwch y ffenestr a rhoddodd ei llaw yn ei herbyn i sbecian trwy'r gwydr, ond er chwilio, doedd dal dim golwg o Daniel. Tynnodd ei hwyneb yn ôl yn sydyn – gallai daeru fod y tair llygad yn y jar wedi troi i edrych arni.

Teimlodd ei chalon yn curo, ac yn sydyn agorodd y drws a daeth Mr Thomas y fferyllydd allan. Neidiodd Dorothy; roedd hi'n gwybod nad oedd sbecian trwy ffenestri yn beth parchus i'w wneud.

"Fedra i eich helpu chi, miss?" holodd y gŵr, ei lygaid yn edrych yn ffyrnig dros ei sbectol weiren.

"Mae'n ddrwg gen i, Mr Thomas, nid sbecian oeddwn i wir i chi, dim ond chwilio am Daniel ydw i."

"O?" Doedd o ddim wedi ei hadnabod, mae'n rhaid.

"Dorothy ydw i, Dorothy May, chwaer Daniel, a dwi ddim wedi ei weld ers cyn y Nadolig, syr, a meddwl y byddai'n braf cael sgwrs ..."

Teimlai Dorothy yn wirion braidd, fel petai hi'n dod yno i weld a oedd hwn yn trin ei brawd yn iawn. Ond chwarddodd y fferyllydd a meddalodd y llygaid ffyrnig.

"Wel ie siŵr, Dorothy May. Doeddwn i ddim yn eich hadnabod chi, rydach chi wedi newid – rydach chi'n cael lle da yn Nhyddyn Gwynt, mae'n rhaid."

Plygodd Dorothy ei phen yn swil.

"Mae Daniel wedi mynd ar neges bwysig drosta i, Miss Dorothy May, neges bwysig iawn hefyd. Wedi mynd at Mr Michael D. Jones i Stryd Berwyn mae o, ond mi ddylai fod ar ei ffordd yn ôl erbyn hyn, ond o adnabod eich brawd, does wybod lle y mae o ..." Ysgydwodd Mr Thomas ei ben.

Roedd yna waith efo'r bachgen weithiau, ond roedd o'n weithiwr da, dim ond fod ganddo ormod o ddiddordeb yn y mynd a'r dod ar hyd y stryd, ond rhywsut roedd y fferyllydd yn hapusach yn gofyn i Daniel fynd â neges i Michael D. Jones na gofyn i Smythe. Yn fwy a mwy aml y dyddiau hyn, roedd rhywbeth am holi Smythe yn ei rybuddio i beidio dweud gormod wrth y dyn bach boliog.

"Mae'n ddrwg gen i, Mr Thomas. Gobeithio nad ydi Daniel yn drafferthus nac yn gwastraffu amser pan ddylai fod yn gweithio?"

"Na, na, peidiwch chi â phoeni am eich brawd. Mae o'n weithiwr digon da, ond fod ei drwyn yn ei arwain ar ryw helfa o hyd. Ewch draw ar hyd y Stryd Fawr, hyd at gornel Stryd Berwyn, ac mi ddowch i'w gwfwr, yn siŵr i chi." Yna rhoddodd ei law yn ei boced a thynnu darn o arian o'i boced a'i roi yn llaw Dorothy. Edrychodd Dorothy'n syn ar y darn tair ceiniog yn ei llaw. Roedd y darn pres yn baent drosto, ond darn tair oedd o yn sicr. Cododd Dorothy ei phen i syllu'n syn ar y fferyllydd.

"Pan gewch chi hyd i Daniel, dwedwch wrtho am ddod yn ei ôl i'r apothecari ar unwaith, wnewch chi Dorothy, ac os mai efo Ellis y daethoch chi i lawr i'r Bala, dywedwch wrtho yntau am fynd adre cyn gynted ac y gallwch chi."

Nodiodd arni, cyn camu'n frysiog yn ei flaen, ei ffon yn tapian yn erbyn cerrig anwastad y stryd.

Wyddai Dorothy ddim beth i'w wneud, ond roedd y fferyllydd wedi diflannu cyn iddi fedru diolch dim iddo. Roedd darn tair ceiniog yn ffortiwn iddi hi. Doedd hi'n sicr ddim am ei wario – roedd hi eisiau ei ddal yn ei chledr ac edrych arno. Trodd y darn arian drosodd a throsodd yn ei llaw, gan sylwi ar bopeth am y darn. Sylwodd fod paent llwydwyn yn gorchuddio un ochr bron i gyd. Ceisiodd ei grafu efo'i hewin, ond aros yno'n styfnig wnaeth y paent. Doedd dim bwys o gwbl am hynny, wrth gwrs, felly lapiodd y darn yn ei hances a'i wthio i ddyfnderoedd ei phoced.

Llamodd Dorothy yn ei blaen am y sgwâr, ac yna fel roedd hi'n croesi i ochr arall y stryd ac anelu am Stryd Berwyn, gwaeddodd rhywun arni.

"Hei!"

Daniel oedd yno, a sylwodd Dorothy fel roedd ei brawd wedi tyfu, ei ysgwyddau wedi lledu. Brysiodd tuag ato, a cheisiodd beidio gwenu fel giât wrth ei weld, roedd hi mor falch ohono. Edrychai fel gŵr bonheddig bron, yn ei gôt dywyll daclus, ac esgidiau lledr da am ei draed, a'i goler glaerwen. Ond sylwodd yn syth hefyd fod wyneb Daniel wedi colli'r direidi hwnnw oedd arfer bod yno, a synhwyrodd yn syth fod rhyw benbleth yn cuddio tu ôl i'r llygaid tywyll.

"Wyt ti'n iawn, Daniel?" Gafaelodd yn ei lawes, a gwenodd Daniel arni.

"Ydw, yn iawn, Dorothy."

"Dywedodd Mr Thomas y fferyllydd dy fod di wedi mynd ar neges at Michael D. Jones?"

"Ddywedodd Mr Thomas rywbeth arall wrthat ti, Dorothy?" holodd, y pryder yn dod eto i'w lygaid.

"Do, deud fod yn rhaid i ti fynd yn dy ôl i'r apothecari yn syth, a bod Ellis a finna i fynd am adre. Ond edrych be ges i ganddo fo, Daniel? Un ffeind ydi o, yntê?"

Stryffaglodd i dynnu'r darn tair ceiniog o'r hances a'i ddangos i Daniel. Gwenodd yntau'n gam.

"Ydi, mae o'n ffeind. Ond ddeudodd o pam fod angen i mi fynd yn ôl yn syth, Dorothy?"

"Naddo, oes gen ti angen rhywbeth Daniel, neu fedra i gadw'r dair ceiniog am dipyn eto?"

"Cei siŵr, chdi sydd pia hi."

Trodd Daniel yn ei ôl am yr apothecari. Roedd y gwynt yn codi, gan chwipio'r llwch oddi ar wyneb y stryd. Brysiodd pobl am ddrysau eu tai, a'r rhai oedd gan siopa eto i'w wneud yn brysio i orffen eu neges. Synhwyrodd Dorothy fod Daniel yn anesmwyth, yn brysio yn ei flaen. Gwelodd Dorothy fod Ellis wedi aros o flaen yr apothecari, y drol yn barod i gychwyn am adre a rhedodd draw ato. Doedd hi ddim am wneud iddo aros amdani, a Mr Thomas wedi dweud wrthyn nhw am frysio adre.

Ond chymerodd Ellis ddim sylw ohoni, dim ond croesi draw at Daniel, gan sibrwd rhywbeth wrtho cyn iddi hi gyrraedd yno. Gwelodd Daniel yn rhoi rhywbeth yn ei law, ac Ellis wedyn yn brysio i'w roi yn ei boced. Yna clywodd Daniel yn dweud wrtho:

"Cadw hwnna'n ddiogel, Ellis. Gwell i ti fynd â'r drol adre gynta, a gwna'n siŵr fod Dorothy yn aros yn y tŷ."

"Mi wna i, Daniel. Cymer dithau ofal. Paid â dod i'r golwg,

cofia. Aros di yn fan hyn, mi fyddwn ni dy angen di yn glust yma. O ... a diolch am hwn." Cyffyrddodd Ellis ei boced, lle roedd o wedi rhoi beth bynnag a gafodd gan Daniel.

Edrychodd Dorothy'n syn o un i'r llall. Beth oedd yn digwydd? Roedd y ddau fel petaen nhw'n hen ffrindiau, yn siarad fel tasen nhw'n arfer cyfarfod.

"Erbyn pryd maen nhw yno, Daniel?" gofynnodd Ellis wedyn.

"Dwn i ddim, doedd o ddim wedi cael gwybod. Gobeithio y byddwch chi'n ddigon buan."

Neidiodd Ellis i flaen y drol ac estyn ei law i Dorothy. Helpodd ei brawd hi i fyny i'r sedd wrth ymyl Ellis, a chododd ei law arni. Ceisiodd wenu, ond gwyddai Dorothy mai gwên wneud oedd hi. Roedd y pryder yn llenwi ei lygaid.

Fel roedd y drol yn troi heibio pen y stryd fawr ac yn gadael y dref i ddringo fyny'r allt, cymerodd Dorothy un cip yn ei hôl - o gysgod y stryd gefn tybiodd iddi weld siâp merch yn sleifio heibio Daniel ac yn troi i ddweud rhywbeth wrtho, cyn toddi i'r llwch.

Pennod 10

Gwelodd Ellis fod criw o ddynion yno o'i flaen, yn sefyll wrth y bont oedd yn arwain draw at Rhyd Wen. Trodd y drol i lawr y ffordd at Tyddyn Gwynt. Teimlodd Dorothy'r drol yn neidio ac yn ysgwyd yn fwy nag arfer, ac ofnai i un o'r olwynion ddod yn rhydd. Daeth y drol i stop yn y buarth a neidiodd Ellis i lawr. Trodd i'w helpu hithau ac i roi'r siwgr gwerthfawr dan do. Ond roedd yn amlwg ei fod yn ysu am gael rhedeg yn ei ôl at y ffordd ac ymuno efo'r dynion eraill. Yna trodd i edrych arni.

"Rhaid i mi fynd, Dorothy, mae angen i mi fynd draw at bont Rhyd Wen."

Tynnodd Dorothy'r neges o'r drol a throi ato. "Pam, Ellis, be sy'n digwydd yno? Fydd yna helynt? Ydi Daniel yn gwybod?"

Ond roedd Ellis wedi troi oddi wrthi. "Gobeithio na fydda i'n hir, ond os na ddo' i 'nôl heno, rhaid i ti geisio tawelu Mam – mi fydd popeth yn iawn, gei di weld." A gwyliodd ei gefn yn rhedeg yn ei ôl i fyny'r ffordd.

Arafodd Ellis wrth nesu at y criw wrth y bont.

"Ydyn nhw wedi cyrraedd eto?" holodd. Roedd Wil Ifan yno yn pwyso yn erbyn canllaw'r bont garreg.

"Nac ydyn, ond rydan ni wedi llwyddo i fynd â'r gwartheg o'ma. O leiaf fedran nhw ddim dwyn y ddwy fuwch olaf."

Roedd chwech neu saith o ddynion yno'n aros am y beiliaid.

Roedd rheiny ar eu ffordd, neu dyna'r si. Roedd Seth yn dal yn y carchar, a'i wraig wedi methu cael y rhent mewn pryd. Rhaid felly oedd mynd â'r gwartheg olaf fel tâl yn lle'r rhent. Fe fyddai hynny'n gadael y wraig a'r pedwar plentyn yno yn Rhyd Wen heb unrhyw anifail, dim ond pedair iâr. A hithau'n ganol gaeaf, doedd rheiny chwaith, mae'n debyg, yn dodwy llawer. Er bod y notis wedi ei roi i adael y ffrm, fe fyddai dwy fuwch yn help iddynt gychwyn yn rhywle arall, o leiaf.

Yna aeth cyffro trwy'r dynion. Cododd ambell un ei ffon yn barod, ac roedd ambell bicfforch wedi ei chuddio yn y llwyn wrth ochr yr afon. Roedd rhywrai'n dod i fyny'r ffordd, un dyn ar gefn ceffyl, a dau arall yn cydgerdded. Daeth y tri i stop, gan fod y ffermwyr wedi sefyll yn llinell ar y bont i'w rhwystro, eu ffyn a'u picffyrch yn eu dwylo.

"Gadewch i ni basio," meddai'r arweinydd. Y beili oedd hwn mae'n debyg, meddyliodd Ellis, dim ond dau was bach oedd y ddau arall. Synodd Ellis nad oedd Twm Twm neu Williams efo nhw, ond doedd dim golwg o'r un o'r ddau.

"I ble rydach chi eisiau mynd?" holodd Wil Ifan, a chamodd yn ei flaen at ffrwyn y ceffyl. Rhoddodd hwnnw chwythiad bach chwyrn a cheisiodd symud yn ei ôl, ei garnau'n clecian ar gerrig y bont. Suddodd y beili ei sodlau i ochr y ceffyl i dangos iddo nad oedd am fynd yn ei ôl.

"Mae gennym ni warant i fynd i fyny i Rhyd Wen, ac rydych chi'n rhwystro dynion sydd wedi cael hawl cyfreithiol. Os na wnewch chi symud yna rydych chi'n euog o rwystro'r gyfraith, ac felly mi fedrwch chi gael eich dwyn o flaen eich gwell. A chyn i 'run ohonoch chi fod yn rhy frwdfrydig efo'r arfau yna ..." a phwyntiodd at y bicfforch yn llaw Wil Ifan, "mae'r milisia wedi eu galw i dref y Bala, a tydyn nhw ddim yn dibynnu ar bicffyrch – mae ganddyn nhw arfau dipyn mwy effeithiol."

Aeth murmur trwy'r criw dynion, ond yn hytrach na symud yn ôl, closiodd y dynion yn eu blaenau'n un symudiad, nes oeddynt wedi amgylchynu'r tri dyn.

"Pwyll pia hi!" galwodd Wil Ifan. "Arhoswch am funud." Symudodd ambell un o'r ffermwyr yn ôl ychydig, i roi mwy o le i'r tri.

"Waeth i chi heb â mynd i fyny yno, does yna ddim byd yno i chi."

"Rydan ni'n deall fod dwy fuwch eto gan y tenant, ac mae'r warant yma'n rhoi caniatâd i ni nôl y ddwy fuwch oddi yno. Fe fyddai hynny'n talu'r hyn sydd yn ddyledus i'r stad am y rhent."

Ceisiodd y beili symud ymlaen eto, ond rhoddodd un o'r ffermwyr hergwd i'w ffon a dychrynodd y ceffyl. Gweryrodd a chodi ei draed blaen.

"Wow, wow! Ara' deg!" ceisiodd Wil Ifan wedyn. Fe wyddai am bŵer dynion fel hyn. "Does yna ddim gwartheg ar ôl yn Rhyd Wen – mae eich gwybodaeth chi'n anghywir, mae arna i ofn."

"Hy! Rydach chi'n disgwyl i ni gredu hynny?" chwarddodd y dyn ac amneidiodd ar i'r ddau ddyn fynd yn eu blaenau.

"Gadewch iddyn nhw basio, ac fe gawn nhw weld nad oes yna ddim byd yno," meddai Wil Ifan wedyn, a symudodd y dynion i'r ochr.

Symudodd y tri i fyny tua'r tŷ. Craffodd Ellis a gweiddi ar y lleill:

"Dowch, mae yna ddynion eraill i fyny wrth y tŷ yn barod – edrychwch!"

Erbyn i'r ffermwyr gyrraedd y tŷ roedd Twm Twm a dau arall wrthi'n symud bwrdd derw allan trwy'r drws ffrynt, ac yn ceisio ei godi i ben trol. Sylwodd Ellis fod sawl cadair a gwely haearn ar y drol yn barod. Yno o flaen y tŷ roedd y plant yn sefyll – y ferch hynaf yn ceisio cysuro dau fach oedd yn gweiddi crio ac yn cydio'n dynn yn ei sgert. Heb fod ymhell oddi wrthynt roedd y mastiff yn gwylio, gan eu hamgylchynu a sgyrnygu a nesu bob tro y ceisiai un o'r plant symud. Roedd rheiny'n amlwg mewn ofn dychrynllyd, a'r lleiaf ohonynt erbyn hyn yn erfyn ar i'w chwaer hynaf ei godi yn ei breichiau. Stryffaglodd hithau i godi'r bachgen bach, er nad oedd yn edrych yn ddigon cryf i ddal ei gafael yn hir ynddo. Doedd dim golwg o'u mam na'r babi yn unman. Rhuthrodd y ffermwyr trwy'r giât fach i'r buarth, a daeth Williams allan trwy'r drws i'w hwynebu. Roedd o'n amlwg wedi clywed y dynion yn cyrraedd. Disgynnodd y beili oddi ar ei geffyl ac aeth i sefyll at ymyl Williams.

"Rydych chi'n tresbasu, ac os na fyddwch chi'n gadael y munud yma mi fydda i'n nodi eich enwau chi gyd, ac yn siŵr o ddod ag achos yn eich erbyn chi." Roedd y beili yn amlwg yn llawer hapusach o weld fod Williams yno o'i flaen. Wrth iddo droi at Williams i sibrwd rhywbeth yn ei glust, gwthiodd Ellis heibio i'r ddau a diflannu i grombil y tyddyn bach tywyll.

Cymerodd eiliadau i'w lygaid gyfarwyddo gyda'r tywyllwch, ond gallai glywed sŵn snwffian y babi o'r gornel. Roedd yn ei grud, ac wrth ei ymyl ei fam yn eistedd yn yr unig gadair oedd ar ôl yn y tŷ.

Doedd dim byd arall yno, dim ond y fatras wellt wedi ei lluchio ar y llawr.

"Deud wrthyn nhw am fynd i'r diawl, Ellis," meddai Anni, ei dwylo'n gafael yn dynn ym mreichiau'r gadair. "Dwi ddim am symud. Mi gawn nhw ddod yma i fy llusgo fi o'ma ond dydw i ddim yn symud."

Nodiodd Ellis. Fe wyddai am Anni Rhyd Wen; roedd digon o haearn yng ngwaed hon hefyd.

Aeth yn ei ôl allan i'r buarth. Roedd y plant bellach wedi eu rhyddhau o warchae'r mastiff ac yn sefyll yn dwmpath bach trist yng nghornel yr ardd. Rhywsut roedd rhywbeth yn ei dynnu atyn nhw, yn mynnu nad oedd o'n dilyn y drol oedd wedi cychwyn i lawr am y bont. Yna cododd y ferch hynaf ei phen a dweud yn dawel:

"Paid â mynd ar eu hola nhw, Ellis. Mae'r ferch yna'n deud wrthat ti am fynd adre."

Arhosodd Ellis ac edrych o'i gwmpas. Syllodd ar y ferch fach.

"Pa ferch? Does yna neb arall yma, yn nag oes?" Camodd at ymyl y ferch fach, a phenlinio wrth ei hochr, ond roedd golwg welw arni, a'r ddau fach arall yn cuddio y tu ôl iddi'n igian crio. Doedd o ddim am ei dychryn.

"Mi fuodd hi yma rŵan – hi heliodd y ci yna o'ma," meddai'n dawel, heb gynnwrf yn ei llais.

Aeth Ellis draw at derfyn yr ardd ac edrych i bob cyfeiriad, ond doedd dim golwg o neb arall.

"Pwy oedd hi? Wyt ti'n gwybod?"

Ysgydwodd y ferch fach ei phen.

"Na, ond un ffeind oedd hi, a thlws," meddai'n swil, cyn ychwanegu, "un bryd tywyll oedd hi, a phetha crand yn ei chlustiau ..."

Nodiodd y ferch a rhedodd y tri yn eu holau i dywyllwch y tŷ at eu mam.

Rhuthrodd Ellis yn ei ôl at wal yr ardd a galwodd ei henw, ond ddaeth yr un ateb.

Chwarae plant, meddyliodd. Roedd pawb yn dweud bod dychymyg merch hynaf Rhyd Wen yn rhy fyw weithiau.

Edrychodd Ellis i lawr at lle roedd y drol yn nesu am y bont. Gwyliodd y dynion yn symud, yn araf i ddechrau, ac yna'n dechrau rhedeg. Roedd yn ras i gyrraedd y bont cyn i'r drol ei chroesi. Llamodd Ellis yn ei flaen heb aros i feddwl, a chyrhaeddodd y bont fel roedd Twm Twm yn croesi. Doedd hwnnw ddim wedi ei weld yn llamu ar hyd cerrig yr afon. Roedd ar ganol y bont pan sylweddolodd fod Ellis yn dod i'w gwfwr a throdd, ond roedd rhai o'r dynion eraill y tu ôl iddo erbyn hynny. Cododd Twm Twm ei ffon, ond rhywsut llwyddodd Ellis i gymryd gafael ynddi, a disgynnodd Twm Twm yn ei ôl nes oedd ei ben-ôl ar ganllaw carreg y bont. Dechreuodd y ddau gi gyfarth a chythru am sodlau Ellis, ac yn y cythrwfl simsanodd Twm Twm. Ceisiodd sadio ei hun wrth roi ei ddwylo ar y garreg rydd oedd ar ben y bont, ond rowliodd y garreg i'r dŵr a rowliodd Twm Twm ar ei hôl.

Chwarddodd y dynion wrth weld yr het ffwr a'r pen yn codi o'r dŵr rhewllyd, y diferion yn dripian dros ei wyneb.

"Twt lol – mae angen i Syr Watkin drwsio dipyn ar y pontydd 'ma, Williams," galwodd Wil Ifan. "Edrychwch, dydi hon ddim hanner saff – y cerrig yn rhydd ym mhobman ar ei hyd-ddi, yn tydyn, ddynion?"

Cytunodd y ffermwyr, gan wylio Twm Twm yn codi o'r afon ac yn creu llwybr o ddŵr ar ei ôl.

Ond doedd dim golwg o Ellis. Roedd o wedi gweld yr olwg yn llygaid dyn y cap ffwr, ac fe wyddai y byddai'n beth doeth cadw o'i ffordd am sbel.

Pennod 11

"Mae'n rhaid eu bod nhw wedi bwyta rhywbeth," meddai Williams, gan fwytho clustiau'r daeargi wrth ei draed. Doedd dim arwydd ar hwnnw ei fod am symud, ac wrth ei ochr gorweddai'r mastiff, ond doedd dim byd yn ffyrnig amdano heddiw. Gorweddai yno'n hollol lonydd, ei lygaid yn bŵl a llysnafedd gwyn yng nghornel ei geg.

"Ond roedden nhw'n iawn pan wnes i eu cau yn y cwt neithiwr. Roedden ni wedi bod rownd y maglau cwningod cyn noswylio, achos roedd rhywun wedi bod yn cymryd cwningod o'r maglau cyn i ni gyrraedd yno echnos, a doedd yna ddim byd ond blew ar ôl i ddangos fod cwningen wedi ei dal. Mi fydda i'n siŵr o ddal y lladron diawl un o'r dyddiau yma, Mr Williams ..." yna trodd yn ôl i roi ei sylw i'r ddau gi llonydd.

"Mi ddaethon efo fi neithiwr rownd bob magl, a weles i mohonyn nhw'n bwyta dim byd ar eu ffordd, ac mi roedden nhw'n rhedeg yn sionc heb ddim trafferth, a does yna ddim caws llyffant gwenwynig yn tyfu adeg yma o'r flwyddyn, yn nag oes? Ydach chi'n meddwl bod rhywun wedi bod yma'n y nos, Mr Williams?"

Safodd Williams yno uwchben y cŵn. Taerai Twm Twm, oddi wrth yr olwg ar ei wyneb, nad oedd y dagrau ymhell. Tynnodd Williams ei hances o'i boced a chwythu'n swnllyd iddi, cyn rhoi pesychiad chwithig. Roedd y cŵn yn hen ffrindiau. Roedd wedi eu rhoi yng ngofal Twm Twm ers rhai misoedd, ond fel arfer wrth ei sodlau ef fyddai'r cŵn bob amser, ac o brofiad Williams, roedd yn haws o lawer ymddiried mewn cŵn na phobl. Roedden nhw'n ffyddlon ac yn ddibynadwy, meddyliodd. Pan fyddai pawb arall wedi hen fynd o'r golwg, yno wrth ei sodlau fyddai'r cŵn bob amser. Difarodd eu rhoi yng ngofal Twm Twm, ond roedd ganddo ef gymaint o waith arall i'w wneud dros Syr Watkin, a fedrai o ddim mynd â chŵn efo fo i'r llysoedd, wrth gwrs.

Yna meddai'n chwyrn, fel petai wedi cofio am rywbeth yn sydyn:

"Oes yna sipsiwn wedi dod yn eu holau i'r Comin, Twm?"

Roedd yn gas gan Williams feddwl am y tyddynwyr yn dwyn cwningod ar dir y stad, ond roedd meddwl am sipsiwn yn helpu eu hunain i gwningod neu bysgod yn gyrru'r dyn o'i go'n lân.

"Na – weles i ddim o'u olion nhw, syr. Dwi'n amau mai gwaith rhai o'n potsiwrs ni ydi hyn, w'ch chi, ac mae gen i fy amheuaeth pwy hefyd."

"O?"

"Wel, ydach chi'n cofio cyn y Nadolig, fe gawson ni gŵyn yn ein herbyn gan deulu Tyddyn Gwynt, yn deud fod y cŵn wedi lladd gwyddau yno, ond wrth gwrs, doeddwn ni na'r cŵn wedi bod yn agos at eu gwyddau nhw. Ond mae'r mab yna, Ellis Roberts, yn creu rhyw helynt o hyd, Williams."

"Ydi, wrth gwrs. Roedd o'n un o'r arweinwyr y diwrnod o'r blaen yn Rhyd Wen, yn doedd? Fo oedd yn gyrru'r dynion ymlaen, ac mi roedd beth ddigwyddodd i ti Twm yn dipyn mwy na damwain fach anffodus, yn doedd ... mi fedrwn ni ddod ag achos o dorri'r heddwch neu ymosodiad, hyd yn oed, yn ei erbyn, sti, am dy wthio di i'r afon fel yna! Mi fyddai gwneud engraifft ohono a'i gosbi fo'n iawn yn ddigon i dawelu'r dyfroedd. Mae yna ryw hen anniddigrwydd gwirion yn yr ardal ers sbel rŵan, Twm, ac mae'n hen bryd rhoi troed yn ôl ar wariau'r diawled. Mi ddylen nhw fod yn falch o gael to uwch eu pennau, a thipyn o dir i wneud bywoliaeth, ond y cwbl gawn ni ganddyn nhw ydi cwynion o hyd."

Roedd Williams ar gefn ei geffyl yn bytheirio, ac roedd clywed anadlu swnllyd y mastiff yn ddigon i'w gorddi o ddifri.

"Mi geith Ellis Roberts ei haeddiant, Twm, ac mi fydda i'n rhoi cwyn yn erbyn rhai o bobl fwya parchus y dref yma hefyd ... Michael D. Jones a'i griw – mae rheiny'n gwneud eu gorau i dynnu helynt i'r ardal. Maen nhw'n gywilydd, yn rhoi syniadau gwirion ym mhenna'r llanciau penboeth yna. O! Mi ga' i'r gorau ar Ellis Tyddyn Gwynt, gei di weld, ond gwenwyno'r cŵn? Sut medrwn ni brofi hynny, Twm? Does ganddon ni ddim byd i gysylltu'r diawl efo gwenwyn, yn nag oes?"

Tawelodd y ddau am funud, rhoddodd y mastiff mawr un ochenaid fer cyn cymryd ei anadl olaf. Aeth cryndod trwy'r corff a llonyddodd y ci.

Edrychodd Twm Twm ar ei fistar. Rhoddodd hwnnw dro ar ei sawdl ac aeth allan i'r golau. Wyddai Williams ddim beth i'w wneud efo fo ei hun. Ers iddo ei fagu yn gi bach bywiog, roedd y mastiff wedi bod fel ffrind ffyddlon. Roedd gweld y corff llonydd yn ei wneud yn fwy penderfynol fyth o dalu'r pwyth yn ôl. Os gallai ffendio unrhyw beth i gysylltu'r diawl penboeth Ellis yna efo hyn, yna mi fyddai ar ben arno. Doedd o'n ddim byd ond trafferth, a hynny ers blynyddoedd bellach – fel pigyn yn ei ochr. Roedd o'n botsiwr, yn dwyn pysgod o'r afon a chwningod o'r caeau, ond hyd yn hyn roedd o wedi methu cael dim tystiolaeth yn ei erbyn.

Ond roedd hynny am newid, ac os oedd Twm Twm yn meddwl mai Ellis oedd tu ôl i'r gwenwyno, yna byddai Williams yn troi pob carreg posib i wneud yn siŵr ei fod yn cael ei ddal. Mi fyddai yng ngharchar Dolgellau dros ei ben – byddai hynny'n oeri dipyn ar waed y cythral.

Daeth Twm Twm allan o'r cwt gan gario corff y mastiff. Aeth tua'r berllan; cawsai'r hen gi orwedd mewn hedd yno o dan y coed afalau. Aeth i nôl rhaw.

"Chwilia am bopeth fedri di, Twm. Dos draw i'r Bala ac i'r siopa i gyd i holi pwy sydd wedi bod yn prynu gwenwyn yn ddiweddar ... mi gawn ni'r gorau arnyn nhw i ti."

Taranodd Williams am y tŷ, gan dynnu'r drws yn glep y tu ôl iddo. Roedd Ellis a'i griw yn dawnsio dawns berygl; fe fyddai'n rhaid rhoi stop ar y ffwlbri, a hynny'n sydyn.

*   *   *

Roedd y gwanwyn ar gerdded a choed tref y Bala yn glasu. Roedd Jones y Cwnstabl wedi cael ordors i gerdded yn amlach o stryd i stryd, ac o gornel sgwâr i gornel sgwâr, ac felly rhywsut wedi llwyddo i dawelu peth ar nerfau Miss Pugh a'i thebyg.

"Na, fydd dim angen i'r milisia ddod yma, w'ch chi, Miss Pugh. Peidiwch chi â phoeni dim, mi gadwa i drefn ar Bala bach!" Byddai'n nodio'n glên ar bawb wrth basio, dim ond rhoi clip fach sydyn i glust ambell blentyn oedd yn bygwth cael sterics ar y stryd, a chodi cywilydd ar ei rieni.

Roedd hi'n nosi, a'r gwyll yn creu cysgodion rhyfedd ar hyd y stryd fawr. Gweryrodd un o'r ceffylau oedd wedi ei glymu y tu allan i dafarn y Lion, a chrafu'r llawr gyda'i garn blaen. Roedd wedi aros yn amyneddgar am ei berchennog, ond roedd wedi cael digon ar aros, a'r brain yn dechrau chwyrlïo o amgylch ei ben, gan ddod yn eu holau i glwydo yn y coed.

Arhosodd y cwnstabl wrth gornel y Lion. Roedd yntau awydd mynd am adre hefyd; er bod y gwanwyn yn dod roedd stryd fawr y Bala yn lle digon rhynllyd. Gwyliodd y cwnstabl siâp dyn yn dod i'w gwfwr ar hyd y stryd. Twm Twm oedd yno.

"Noswaith dda, cwnstabl," meddai'n ddigon clên, cyn brysio yn ei flaen ar ryw berwyl. Dilynodd llygaid y cwnstabl ef. Beth oedd neges hwn, tybed, yn crwydro o un siop i'r llall, heb aros yn hir yn unman? Oedd o wedi colli rhywbeth? Arhosodd y cwnstabl yng nghysgod y stryd am funud. Doedd o ddim yn rhy hoff o'r dyn, ac roedd yr het gynffon ffwr am ei ben a'i symudiadau bach chwim yn ei atgoffa o lygoden fawr yn scytran o'r draen o dan y stryd.

Daeth Twm Twm allan eto o siop apothecari Mr Thomas, gan roi clep ar y drws nes oedd y gloch yn dawnsio. Sylwodd y cwnstabl sut y bu iddo aros am funud, edrych i'r chwith ac yna i'r dde, cyn symud rownd i gefn y siop. Roedd rhywbeth diddorol yn digwydd, roedd yn siŵr o hynny. Yna'n annisgwyl, cododd awel fechan a chwyrlïo'n ysgafn i lawr y stryd, gan godi'r llwch a'r brigau mân yn gwmwl o flaen llygaid y cwnstabl. Daliodd yn dynn yn ei het, a gallai daeru fod rhywun wedi pasio heibio iddo'n sydyn – merch, ei gwallt yn chwifio'n gudynnau rhydd y tu ôl iddi a'i dillad ysgafn yn codi'n gwmwl – ynteu'r cwmwl llwch oedd yn codi gweiriach sych yn siapiau od?

Gweryrodd y ceffyl eto, gan godi ar ei goesau ôl y tro hwn, ei lygaid yn wyn a'i glustiau i lawr; efallai, meddyliodd y cwnstabl, y dylai fynd i mewn i'r Lion i rybuddio'r perchennog fod ei geffyl yn beryg o wneud niwed iddo'i hun neu i rywun arall wrth strancio fel'na. Agorodd ddrws y Lion, a chamodd i mewn i ganol cynhesrwydd, sŵn chwerthin a thaeru, ogla sur y cwrw, a mwg y baco. Wedi cael gair gyda pherchennog y ceffyl, penderfynodd y dylai aros am awr neu ddwy i wneud yn siŵr nad oedd neb yn mynd dros ben llestri yn y Lion heno.

Petai o wedi aros ar y stryd efallai y byddai wedi gweld cysgod annelwig Eldra yn sleifio i fyny i ben y stryd a redai gyferbyn â'r apothecari, yn croesi'r ffordd gan gadw at gysgod y goeden ffawydd. Arhosodd Eldra'n llonydd, llonydd. O'r fan honno gallai wylio drws cefn yr apothecari. Gwyliodd Eldra Twm Twm yn aros wrth y drws cefn, yna fe agorodd y drws yn dawel a sylwodd Eldra ar gysgod byr, boliog yn mentro allan i'r rhiniog yn araf a gofalus. Edrychodd Smythe i'r dde ac yna i'r chwith, cyn amneidio ar i Twm Twm ddod ato; aeth hwnnw wedyn i mewn i gysgod y drws, ond ddim pellach. Llithrodd Eldra'n nes, gan gadw o'r golwg, a gwelodd fod Smythe yn gwthio rhywbeth i law Twm Twm – pecyn papur, a siâp potel fechan ynddo – rhoddodd hwnnw'r pecyn ym mhoced ei wasgod a brysio o'r golwg.

Safodd Eldra'n hollol lonydd am funud, cyn symud at

storfa'r apothecari. Fel llafn o wynt oer, llithrodd i mewn. Roedd pob man yn dywyll. Roedd y siop ar fin cau am y noson a Smythe wrth y cownter yn clirio. Gwyliodd trwy'r llenni – roedd wrthi'n tynnu'r bolltau ar draws y drws ffrynt, yna'n tynnu'r ffedog wen dros ei ben a'i hongian ar y bachyn cyn rhoi ei gôt frethyn amdano.

Doedd dim golwg o Daniel. Gwyliodd Eldra'r dyn bach yn brysio yn ei ôl at y cownter. Yn yr hanner golau, rhoddodd Smythe y corcyn yn ei ôl ar y botel gyda'r powdr glas ynddi. Cymerodd gadach wedyn, poeri arno a sychu'r cownter yn sglein, cyn gwthio'r cadach i'w boced. Dringodd Smythe yr ysgol yn ofalus, a gosod y botel yn ei hôl ar y silff. Yna, wedi dod i lawr, gwthiodd drwy'r llenni. Ei waith ef oedd cloi'r stordy heno, a Daniel a Mr Thomas wedi mynd i ryw gyfarfod.

Peth rhyfedd, meddyliodd. Roedd rhywun wedi gadael ôl traed gwlyb ar lawr y siop, ond diystyrodd yr olion. Gallai'r lle fod yn ddigon llaith, wedi'r cwbl ... mae'n rhaid bod rhywun wedi galw'n gynharach a bod y llawr heb sychu eto.

Gallai daeru fod rhywbeth yn gwthio yn ei erbyn, yn ceisio ei rwystro rhag mynd trwy'r llenni, ond fedrai o ddim gweld yr un rhwystr chwaith. Gwthiodd eto. Erbyn hyn roedd y rhwystr wedi mynd a bu bron iddo ddisgyn yn ei flaen i mewn i'r stafell gefn. Bu'n rhaid iddo sadio ei hun drwy afael yn sydyn yn y silff agosaf. Daeth llygedyn o olau i mewn trwy'r ffenestr a disgyn ar y jariau gwydr a'u cynhwysion od. Wrth godi ei ben, gwelodd fod y tair llygad yn edrych yn syth arno. Neidiodd Smythe. Roedd golwg gyhuddgar arnyn nhw – pob un wedi troi i syllu arno.

"O Mam annwyl!" ebychodd y dyn bach a rhuthro am y

drws, ei galon yn carlamu. Wrth ei gau ar ei ôl, taerai fod sŵn chwerthin yn dod o ganol y llenni yn rhywle. Trodd ar ei sawdl a dechrau rhedeg am gwmni'r stryd fawr, gan anghofio popeth am gloi ar ei ôl.

Pennod 12

Roedd tymer y diawl ar Williams. Nid yn unig roedd o wedi colli ei ddau gi ffyddlon, ond roedd o hefyd wedi methu cael rhent gan Anni Rhyd Wen, ac wedi methu cael gafael ar y gwartheg. Doedd y dodrefn roedden nhw wedi eu cymryd yn dda i ddim, yn werth y nesaf peth at ddim byd, a hwythau'n dyllau pry trwyddyn nhw.

Roedd yr ynadon wedi rhyddhau Seth ei gŵr, ac yn ôl y sôn roedden nhw wedi medru symud at deulu iddynt yn sir Gaernarfon.

Ond roedd hynny wedi rhyddhau'r fferm, ac roedd Twm Twm ei was ffyddlon wedi cael symud yno. Byddai cael clust a llygad mor agos at Ellis Roberts, Tyddyn Gwynt yn beth da, wrth gwrs.

Roedd Williams mewn tymer ddrwg hefyd oherwydd roedd y cwnstabl dwl yna wedi anwybyddu ei gŵyn am y cŵn, gan ddweud fod ganddo ddigon i'w wneud yn gofalu am bobl ac nad oedd am wastraffu amser yn ymchwilio i farwolaeth dau gi oedd yn amlwg wedi bwyta cig drwg. Ond doedden nhw, Twm Twm ac yntau, ddim wedi rhoi gorau i bethau eto, chwaith. Roedd wedi gadael pethau i Twm Twm, gan fod hwnnw i'w weld ar drywydd rhywbeth. Sylwodd Wiliams fod tir Tyddyn Gwynt yn glir o dyrchod – arwydd sicr fod gwenwyn wedi ei osod yno. Os oedd gan Ellis wenwyn i ladd tyrchod, yna fe allai fod â gwenwyn at bwrpas arall hefyd.

Cerddodd Williams yn ei flaen ar hyd y ffordd a arweiniai tuag at eglwys Llanycil, gan gerdded ar hyd ymyl y llyn. Roedd yn fore braf, y cogau a'r gwenoliaid wedi cyrraedd Penllyn, a'r coed a'u traed yn ymyl y dŵr yn dechrau blaguro. Roedd yr olion olaf o eira wedi diflannu gan adael y llethrau i ddechrau glasu – roedd y tywydd yn garedig o'r diwedd a thymor yr ŵyn yn argoeli i fod yn un da.

Brysiodd yn ei flaen. Roedd sŵn clychau yn cystadlu gyda chân yr adar, yn galw ar i bawb fynd am yr eglwys, ond dim ond Williams oedd ar y llwybr. Roedd hynny hefyd yn codi ei wrychyn. Fe ddylai tenantiaid Syr Watkin fod fel yntau, a mynd am yr eglwys ar fore Sul, yn lle heidio i'r capeli. Gwaith capeli oedd sôn am Dduw, a sut roedd yn rhaid i bobl ddilyn trefn, ond nid dyna oedd yn digwydd yno. Fe wyddai Williams yn iawn am y pregethwyr penboeth yma, a Michael D. Jones oedd y gwaethaf o ddigon. Roedd yr holl beth yn warth, yn flotyn du ar yr ardal.

Yn yr eglwys roedd pawb yn gwybod eu lle; y meistri tir yn rheoli, yn cadw trefn. Wrth gwrs fod yn rhaid cael meistri tir cadarn, a dylai'r tenantiaid ddysgu mai eu lle hwy oedd gwneud yn union fel roedd y meistr tir yn ei ddweud, a bod yn ddiolchgar. Roedd y capeli byth a hefyd yn cydymdeimlo efo'r tenantiaid, yn gweld bai arno fo a'i debyg, yn ceisio dweud ei fod ef fel asiant i'r meistr tir yn trin y tenantiaid yn annheg. Hy, meddyliodd Williams, lol beryglus oedd meddwl felly, ac roedd y capeli yn ddim byd ond nythfa i radicaliaid a phobl oedd yn annog anhrefn.

Roedd y sefyllfa yn codi'r felan arno, a cheisiodd wthio'r teimladau blin o'i feddwl. Cododd ei wyneb i edrych ar yr awyr glir, gan geisio mynd i mewn i'r eglwys, o leiaf, mewn tymer dda. Yna sylwodd ar strimyn o gwmwl llwyd yn codi i'r awyr uwchben y llyn. Symudodd oddi ar y llwybr i gael golwg gwell. Nid cwmwl oedd yno, ond rhuban llwyd o fwg yn codi'n ddiog o gyfeiriad pen y llyn. Craffodd Williams, a theimlodd ei galon yn rhedeg ar ras; yno'n glwstwr roedd casgliad o garafanau lliwgar. Roedd y sipsiwn yn eu holau.

Pwysodd Williams yn erbyn boncyff un o'r coed am funud, a'i galon yn rasio'n anghyson. Dyna fyddai diwedd pethau, meddyliodd, cyn rhoi chwerthiniad bach chwerw – marw o ddiffyg ar y galon. Ac ar y diawliad sipsiwn fyddai'r bai.

Ar ei ffordd yn ôl o'r capel oedd Daniel. Roedd Mr Thomas wedi mynd o'i flaen, ac roedd Daniel yn falch o hynny. Roedd o am gael amser i feddwl. Roedd y siarad yn frwd heddiw am y llong oedd yn barod i gychwyn o Lerpwl am Batagonia ymhen y mis. Roedd dros gant wedi rhoi eu henwau yn barod ond roedd lle i chwaneg, ac roedd yna gyffro mawr wedi'r capel heddiw. Pawb yn trafod y rhai oedd eisioes wedi rhoi eu henwau; un teulu cyfan o gyffiniau Llandderfel, medden nhw, gan gynnwys babi bach.

Tybed a ddylai yntau feddwl am ymfudo? Nid ei fod yn anhapus yn ei safle yn yr apothecari, ond roedd rhywbeth am edrychiad Smythe yn ei anesmwytho'n ddiweddar. Ond yn fwy na hynny, roedd ambell si yn ei gyrraedd am sefyllfa tenantiaeth Tyddyn Gwynt. Gwyddai fod Williams a'i gyllell yn Ellis – dim ond un cam gwag a byddai'r teulu i gyd allan ar y buarth. Beth ddeuai o Dorothy wedyn? Fyddai'n well iddo yntau roi enwau'r ddau ar y rhestr, ond o ble câi'r arian? Wyddai o ddim. Roedd wedi medru cynilo rhywfaint, ond dim byd tebyg i'r swm fyddai ei angen ar gyfer ticed llong. Tybed ai Patagonia oedd yr ateb i Dorothy ac yntau, beth bynnag? Ar adegau felly teimlai angen ei fam a'i chyngor, ond ysgydwodd ei ben yn sydyn. Doedd meddyliau fel hyn yn dda i ddim. Dim ond Dorothy ac yntau oedd ar ôl, a'r cwbl roedd angen iddo ei wneud bellach oedd gwneud y gorau allai dros ei chwaer.

"Paid â meddwl gormod, Daniel, mae meddwl gormod yn beryg ..."

Llithrodd Eldra at ei ymyl, symudodd Daniel oddi ar y ffordd. Byddai'n well iddo gymryd y llwybr os oedd Eldra efo fo.

"O ble doist ti rŵan, Eldra?" holodd. Gallai weld ar draws y llyn fod y carafanau yn eu holau.

"O, yma ac acw, sti, Daniel," sibrydodd, a throdd ei hwyneb oddi wrtho. Teimlodd yntau drosti; fe wyddai fod gweld y carafanau yn ôl yn siŵr o'i thristáu. Doedd hi ddim yn rhydd i fynd a dod fel ei thylwyth. Allai hi ddim gadael Penllyn eto, roedd hi'n gorfod gwylio dros rywun, a thra oedd hwnnw yn dal i fod angen angel gwarchodol, yma y byddai'n aros.

"Rhyw ddiwrnod fe gaf innau fynd, wsti, Daniel, ond fedra i ddim ... dim eto, beth bynnag."

Llithrodd yn ei blaen, weithiau'n aros am Daniel tu ôl i foncyff coeden, weithiau'n sgipio wrth ei ymyl, weithiau'n camu o'i flaen ond rhywsut doedd hi byth yn aros yn yr un lle, ac ar adegau roedd Daniel yn amau a oedd hi yno o gwbl.

"Mae 'na rai sydd am wneud drwg iddo fo ... mae gen i ofn, wyddost ti, gormod o ofn i'w adael o fynd eto ..." Sisialodd yr awel trwy frigau'r helyg. "Rwyt tithau 'run fath, Daniel, mi rwyt ti'n deall ... Y rhai rydan ni'n eu caru, rhaid i ni wylio dros y rheiny, yn does? Dyna beth ydi cariad, mae'n debyg."

Dawnsiodd i ffwrdd oddi wrtho, ac arhosodd Daniel. Yna daeth symudiad bach sydyn o'r hesg tal ar lan y llyn, siffrwd isel, a daeth Eldra yn ei hôl ato.

"Mae yna sarff yn ein mysg ni, Daniel – sarff sy'n llithro rhyngddon ni'n anweledig. Gwylia fo, mae'n llithro o amgylch dy draed di, Daniel, gwylia rhag iddo dy faglu ..."

"Be wyt ti'n feddwl, Eldra?"

Ond roedd yr awel wedi codi tonnau ysgafn ar wyneb y llyn, fel petai rhywun wedi taflu carreg fechan i mewn i'r dŵr.

"Eldra ..." galwodd wedyn, ond tawelodd wrth glywed ei lais ei hun yn dod yn ôl ato. Edrychodd o'i gwmpas yn sydyn, rhag ofn fod rhywun wedi ei weld. Roedd wedi clywed digon am bobl oedd yn clywed lleisiau yn eu pennau, a doedd o ddim eisiau i bobl ddechrau edrych yn od arno. Gwyliodd y tonnau bach yn ymestyn draw ar draws y llyn, draw at y lan lle roedd y carafanau'n aros.

Pennod 13

Arhosodd Twm Twm yng nghysgod y goeden gelyn. Roedd wedi gadael y ci newydd adre, wedi ei gau, rhag ofn i hwnnw fynd i wneud llanast eto. Roedd yn rhaid iddo wneud beth oedd yn rhaid, gan adael dim cliwiau o'i ôl, ac fel cyn-botsiwr, roedd Twm Twm yn gallu bod yn ofalus iawn pan oedd angen. Gwyliodd y drol yn rowlio i lawr y ffordd, y llwch yn codi'n gwmwl gwyn o'r tu ôl iddi. Byddai teulu Tyddyn Gwynt i gyd yn y capel p'nawn 'ma, gan gynnwys Ellis. Efallai y byddai awr yn y capel yn gwneud lles i hwnnw, meddyliodd Twm Twm – byddai angen grym pob gweddi arno erbyn y byddai ef wedi gorffen efo fo.

Arhosodd am ychydig wedi i'r drol fynd o'r golwg i wneud yn siŵr nad oedd neb yn gallu ei weld, yna llithrodd o'i guddfan. Rhoddodd ei law i mewn ym mhoced ei wasgod unwaith eto i wneud yn siŵr fod y botel yno, a sleifiodd efo ymyl wal y buarth am y tŷ. Trodd heibio'r llwyni rhosod a thrwy'r giât fach at y cefn. Gwthiodd y drws ar agor, yna arhosodd. Byddai'n well tynnu ei esgidiau mae'n debyg – doedd o ddim am adael dim olion. Cuddiodd ei esgidiau tu ôl i lwyn o wermod, rhag ofn. Roedd y tŷ yn dywyll wedi iddo fynd i mewn o'r haul, a chymerodd funud neu ddau i'w lygaid gynefino. Roedd yn rhaid gadael y botel mewn lle pwrpasol, dim yn rhy amlwg, ond eto'n ddigon hawdd dod o hyd iddi.

Ar ben y grisiau roedd llenni yn hongian a thu ôl iddo roedd gwely wedi ei osod yn erbyn un o'r parwydydd pren – gwely haearn bychan gyda chwilt clytwaith wedi gweld ei ddyddiau gwell arno. Wrth ochr y gwely roedd bwrdd isel ac arno wedi ei blygu'n ofalus roedd bonet a siôl wedi ei gweu. Fan hyn roedd y ferch, Dorothy, yn cysgu felly, mae'n rhaid. Sylwodd Twm Twm fod bwndel wedi ei wthio o dan y bwrdd. Bag defnydd, wedi ei gau gyda chortyn. Yn ofalus, tynnodd y bag allan a'i agor. Crib cragen crwban, ruban melfed, llyfr bach a'i glawr yn rhydd – Testament neu Feibl, mae'n debyg, meddyliodd Twm Twm – hen lyfr wedi ei gael gan rywun, hances les a darn tair ceiniog wedi ei lapio ynddi, a dyna i gyd.

Rhoddodd Twm Twm bob dim yn ôl yn ei le. Lapiodd y darn tair ceiniog yn ôl yn yr hances, ailosod y llyfr yn daclus ar y gwaelod a gosod popeth yn ôl yn union fel roedd o dan y bwrdd. Yna aeth trwodd i'r unig lofft oedd yno. Gwyrodd ei ben i fynd trwy'r drws, a gwyddai ei fod yn stafell wely Mr a Mrs Roberts. Cymerodd gip o'i gwmpas ond doedd dim i gymryd ei sylw yno chwaith, dim ond gwely a bwrdd gwisgo bach, a'r ddesgl a jwg oedd arno yn graciau i gyd.

Ond roedd drws arall yn y pared pellaf. Agorodd Twm Twm hwnnw a chamu i mewn i stafell eang. Yn amlwg roedd o wedi camu allan o'r tŷ erbyn hyn a'i fod o uwchben y stabl. Gallai arogli'r gwair a'r ceirch, ac oddi tano byddai'r ceffyl yn cael ei gadw. Yma roedd y llwch yn drwm gan nad oedd ffenestr i oleuo'r cilfachau nac i ysgafnhau dim ar yr awyr. Camodd Twm Twm yn ofalus dros blanciau'r llawr, gan aros yn sydyn wrth deimlo sgrytian llygoden neu rywbeth rhwng ei draed. Yn y tywyllwch gallai weld bod sachau yn pwyso yma ac acw ar hyd y wal, ac ambell siâp mwy gwastad wedi ei wthio i'r corneli – cistiau mae'n debyg. Trawodd ei droed yn erbyn rhywbeth meddal – matres wellt. Gallai weld amlinelliad y gwely, a theimlodd ei fysedd ar hyd y pared nes cyrraedd rhes o fachau a dilledyn yn hongian yno. Craffodd ar y wasgod felen, gwasgod Ellis. Mae'n debyg nad oedd gwasgod felen yn weddus i'r capel, chwarddodd Twm Twm, ac eto roedd y wasgod yn codi ei wrychyn. Lle cafodd y llanc y fath wasgod anghyffredin – gwasgod 'sbïwch arna i'? Gwasgod fyddai'n gweddu'n well i sipsi na gwas ffarm.

Cododd rhywbeth o'r distyn uwch ei ben gan hedfan i lawr am ddrws y stabl oddi tano. Neidiodd Twm Twm. Dim ond gwennol neu ystlum wedi ei ddeffro o'i drwmgwsg, efallai, ond eto, roedd y lle yn peri i ryw ias fynd i lawr ei asgwrn cefn. Brysiodd i dynnu'r pecyn o'i wasgod. Doedd o ddim am aros mwy nag oedd yn rhaid yno. Brwsiodd rhywbeth ysgafn heibio ei wyneb eto, neidiodd, a bu bron iddo â gollwng y botel.

"Paid â bod yn wirion!" bytheiriodd wrtho'i hun, ond neidiodd wedyn wrth glywed ei lais ei hun yn cael ei fygu gan y llwch. Brwsiodd y gwe pry cop o'i wyneb, ond roedd fel petai yn glynu'n dynnach, dynnach a thaerai iddo glywed rhywun yn anadlu'n drwm o'r tu ôl i rai o'r sachau.

Roedd yn rhaid iddo fod yn sydyn; doedd fiw iddo golli ei blwc rŵan. Meddyliodd yn gyflym – gallai roi'r botel ym mhoced gwasgod Ellis ond byddai hwnnw'n siŵr o ddod i fyny i newid o'i ddillad capel yn syth, a byddai siawns go dda iddo ddod o hyd iddi. Teimlodd eto a sylwodd ar gornel rhywbeth wedi ei wthio o dan y wasgod. Symudodd honno a gweld bod bag lledr yn hongian ar y bachyn hefyd. Rhoddodd ei law i mewn ynddo – dim ond cyllell boced a rîl o gortyn. Tyrchodd wedyn a llithrodd blaen ei fysedd ar hyd y lledr. Dim byd, yna sylwodd fod agoriad arall rhwng ochr y bag a'r leinin; cyffyrddodd ddarn o weiren wedi ei phlygu'n ddolen. Gwenodd Twm Twm. Y ffŵl! Yno roedd magl weiren – yr union fath o drap roedd y potsiwrs yn ei ddefnyddio i ddal cwningod ar dir Syr Watkin. Tynnodd y pecyn o'i wasgod a'i adael yn y bag efo'r fagl. Gwenodd yn fodlon – roedd digon o dystiolaeth yn erbyn Ellis yn y bag lledr hwn i'w anfon i garchar Dolgellau am fisoedd.

Byddai Williams wrth ei fodd. Y cwbl fyddai'n rhaid ei wneud rŵan fyddai perswadio'r cwnstabl i ddod i fyny i archwilio'r tŷ. Gallai Twm Twm roi ambell arwydd i pa gyfeiriad y dylai fynd, wrth gwrs, a chynnig ambell beint iddo yn y Lion yn y Bala, a dyna'i waith wedi ei wneud.

Brysiodd Twm Twm yn ei ôl trwy'r stafell wely fechan, ac yn ôl ar y landin rhoddodd ei ben heibio'r llenni unwaith i wneud yn siŵr nad oedd dim i'w weld wedi symud. Cofiodd yn sydyn am y darn tair ceiniog. Fyddai'r ferch yn ffendio ei golli, tybed? Sylwodd fod y cortyn i gau'r bag braidd yn llac – oedd o felly cyn iddo ei agor, tybed? Byddai'n well iddo ei gau'n iawn. Llithrodd ei fysedd i mewn i'r bag. Gallai deimlo'r darn arian – roedd hwnnw wedi llithro o blygiadau'r hances.

Yn sydyn caeodd y drws rhwng y stafell a'r llofft stabl gyda chlep, a llithrodd awel fechan nes codi'r llenni'n wyllt. Gallai daeru iddo gau'r drws yn iawn, ond roedd y lle yma'n codi'r cryd arno. Stwffiodd y bag yn ei ôl o dan y bwrdd a llamu dwy ris ar y tro, nes iddo gyrraedd gwaelod y grisiau a llwybr cefn y tŷ. Cipiodd ei esgidiau a rhedeg heb eu gwisgo cyn belled â'r ffordd, cyn eistedd i gael ei wynt ato.

Pennod 14

Roedd pethau wedi tawelu ychydig ers i deulu Rhyd Wen adael, ond roedd llawer iawn o sôn am y llong roedd Michael D. wedi ei hurio i gario'r teithwyr i'r Wladfa newydd. Dyna'r cwbl oedd gan bawb yn y capel y p'nawn hwnnw eto. Pwy oedd am fynd a phwy oedd am aros? Roedd Mrs Roberts wedi gwrando ar yr holl drafod, a gwyddai petai hi'n ifanc y byddai hi'n mentro. Ond roedd hi'n rhy hen bellach, a'i gŵr yn methu ffermio fel y byddai, gyda'r crydcymalau yn brathu. Weithiau byddai'n breuddwydio am fynd yn ei hôl i fyw at y glannau lle roedd ei chwaer yn dal i fyw yn ei hen gartref yn nhref Harlech. Byddai croeso iddi fynd yn ôl yno, hi a'i gŵr, ond fedrai hi ddim wrth gwrs – roedd yn rhaid iddi aros yma yn Nhyddyn Gwynt. Rŵan fod Twm Twm wedi dod yn gymydog iddyn nhw, roedd mwy o'i hangen nag erioed i sicrhau nad âi Ellis i helynt. Roedd yn ei siarsio o hyd i gadw o'i ffordd.

"Pam dylwn ni gadw o'i ffordd o, Mam?" byddai'n bytheirio. "Fo ddylai gadw o fy ngolwg i, neu mi geith deimlo dŵr oer yr afon yna yn ei glustiau unwaith eto."

Roedd cymdogion i fod yn gymdogol wrth gwrs, ond fedrai Mrs Roberts ddim gweld llawer o gydweithio'n digwydd rhwng ei mab a Twm Twm. Roedd Ellis wedi mynd i weld faint o waith oedd i ailgodi'r wal oedd wedi dymchwel unwaith eto, am yr ail waith ers mis. Roedd o'n amau fod rhywbeth mwy na dafad yn chwalu'r wal, ond fedrai o brofi dim.

"Dos efo fo, Dorothy," roedd Mrs Roberts wedi mynnu. O leiaf fe fyddai presenoldeb Dorothy yn help i dawelu peth ar ei mab, petaen nhw'n gweld Twm Twm yn rhywle. Dyna oedd ei gobaith, er bod Dorothy wedi dangos nad oedd hithau'n un i gael ei sathru dan draed chwaith, yn arbennig wedi'r helynt gyda'r gwyddau. A chan ei bod yn ddydd Sul, roedd yn iawn i'r ferch gael hoe fach oddi wrth ei gwaith.

"Ond mae angen nôl dŵr a pharatoi te a ..."

"Mi wna i hynny. Dos – mi wneith les i ti gael bod allan yn yr haul." Roedd Mrs Roberts wedi mynnu.

"Dydi hi ddim isho dod efo fi, Mam," roedd Ellis wedi chwerthin. "Mae ganddi bethau gwell i'w gwneud na dod i edrych ar wal efo fi!"

Teimlai Dorothy ei bochau'n fflamio, ac roedd hi'n flin ei bod yn mynnu cochi bob tro roedd Ellis yn ei herian.

"Hwda – dos â hwn efo chdi." Lapiodd Mrs Roberts ddarn o dorth a chlap o gaws mewn cadach, ei osod mewn basged, a'i hestyn i Dorothy.

"Ewch wir, i mi gael llonydd," meddai wedyn.

Wedi i'r ddau gyrraedd y wal oedd yn derfyn rhwng y ffridd a'r mynydd, trodd Dorothy i edrych i lawr y cwm. Oddi yno gallai weld Llyn Tegid yn gorwedd yn ddrych ar waelod y dyffryn. Roedd yr haul yn danbaid a'r golau'n creu triciau gyda'r olygfa, gan greu haen o des crynedig uwchben y ddaear. Taerai Dorothy ei bod yn gweld ffigurau'n dawnsio wrth weld y grug yn crynu fel yna, ond gwyddai nad oedd neb ond hi ac

Ellis yno ar y ffridd, dim ond nhw ill dau, ac ambell ysgyfarnog.

O'i hamgylch roedd y llwyni llus yn dechrau dangos olion o'r cnwd oedd i ddod, ac uwch ei phen roedd yr ehedydd yn troelli, gan ddweud y drefn yn uchel. Roedd ganddi gywion ynghanol y brwyn yn rhywle, mae'n debyg. Edrychodd Dorothy o'i chwmpas rhag ofn iddi sathru ar y nyth. Ymhell oddi tani o'r goedlan ger y tŷ roedd y gog yn canu, yn galw ar ei chymar. Gorweddodd Dorothy yn y brwyn, ac aeth ei meddyliau yn ôl i'r capel bach llwm lle bu'n gwrando ar y gweinidog yn pregethu. Gallai glywed llais undonog y dyn yn grwnian yr adnodau:

"Felly y gorchfygodd Dafydd y Philistiaid â ffon dafl ac â charreg, ac a drawodd y Philistiad, ac a'i lladdodd ef; er nad oedd cleddyf yn llaw Dafydd."

Roedd Dorothy wedi ceisio gwrando, ond roedd ei meddwl yn mynnu llithro i rywle arall o hyd. Ond roedd hi'n cofio'r adnod hon yn eithaf. Roedd Dafydd wedi curo Goliath a'r Philistiaid, er nad oedd ganddo ddim arfau pwerus na dim. Feiddiai hi ddechrau breuddwydio am fywyd lle nad oedd pobl fel Williams yn bod, a dim snichod fel Twm Twm yn gweithio iddyn nhw chwaith? Fedren *nhw*, bobl gyffredin, heb arian na statws, gael y gorau rhywbryd ar y meistri tir? Fe hoffai Dorothy fod yn berchen ar siop neu weithdy gwnïo ei hun rhyw ddydd, neu fferm efallai. Gallai drin anifeiliaid gystal â neb, ac er na wyddai hi am yr un ferch oedd yn berchen ar ei thŷ ei hun heb sôn am ddim arall, roedd gan bawb hawl i'w freuddwyd. Roedd hi am fod yn debyg i Mali Ifan, mam Wil. Doedd neb yn croesi honno – roedd Dorothy wedi bod yn gwrando arni yn y dref un diwrnod yn bargeinio am fochyn. Roedd y gwerthwr druan wedi gorfod plygu yn y diwedd a Mali Ifan wedi ei berswadio rhywsut i yrru'r mochyn yr holl ffordd i'w thyddyn, a hynny am yr agosaf i ddim elw. A byddai pawb yn rhyfeddu at y graen oedd ar bopeth fyddai Mali Ifan yn ei gyffwrdd – ganddi hi oedd yr ŵyn gorau bob gwanwyn.

Aeth meddwl Dorothy yn ôl at y capel. Roedd addewidion y gweinidog yn teimlo braidd yn ffug erbyn hyn – roedd cael y gorau ar bobl fel Williams yn amhosibl, hyd yn oed os oedd Duw ar eu hochr hwy. Ond gwyddai Dorothy yn iawn hefyd, petai wedi bod yn yr eglwys y diwrnod hwnnw y byddai'r ficer wedi haeru fod Duw ar ochr Williams a Syr Watkin hefyd.

Edrychodd draw at lle roedd Ellis yn archwilio cerrig y wal, ei wyneb yn benbleth. Sylwodd sut yr oedd yn gwthio'r cudyn gwallt gwyllt o'i dalcen, yn ddiamynedd. Roedd y gwres yn llethol, a'r gwenyn yn suo, er nad oedd hi ond yn ddechrau mis Mai. Roedd y bwlch yn y wal yn rhyfeddol o daclus, gyda'r cerrig wedi eu gosod bron i gyd ar un ochr. Pe byddai dafad wedi ei tharo wrth neidio, yna byddai'r cerrig wedi chwalu i bob cyfeiriad, a doedd defaid ddim fel arfer yn gallu codi cerrig a'u gosod yn dwmpath taclus ar un ochr.

Clywodd Dorothy Ellis yn bytheirio dan ei wynt, a daeth rhyw deimlad o dyndra drosti. Roedd ganddi ofn, nid drosti hi ei hun – roedd Ellis yn ffeind a gofalus ohoni hi a'r teulu fel arfer – ond yn hytrach ofn dros Ellis oedd ganddi; gwyddai y byddai ei natur wyllt a'i dymer yn ei arwain i helynt.

Weithiau roedd Ellis yn rhy eofn, a weithiau byddai Dorothy yn gweddïo y byddai Ellis rywsut yn colli ei ddewrder a'i wylltineb, ac yn newid yn ŵr ifanc dof a thawel fyddai'n cilio i'r cysgodion pan welai helynt, nid yn llamu i'w ganol bob tro.

Ond wedyn, gwyddai nad Ellis Tyddyn Gwynt fyddai o wedyn, a doedd gan neb hawl i drio newid cymeriad neb arall, mae'n debyg. Wedi'r cwbl, dyna'n union roedd y meistri tir eisiau – pobl ddi-asgwrn-cefn, dof, yn fodlon cow-towio iddyn nhw. Pobl fyddai'n derbyn y drefn, fel nad oedd dim byd yn newid, pobl fyddai'n fodlon gadael y grym i gyd yn nwylo'r meistri tir cyfoethog o dros y ffin. Pobl oedd yn fodlon gadael pethau fel y maen nhw am byth bythoedd. Fyddai dim gobaith ganddi hithau wedyn i fod yn berchen ar ei thrywydd ei hun.

"Nid dafad wnaeth hynna, sti." Roedd ei lygaid yn syllu arni, yn ei herio i anghytuno.

"Nage?"

"Na – mae yna rywun wedi bod yn symud y cerrig yna'n fwriadol. Lwcus i ni ddod i edrych, Dorothy, neu ella bysa'r defaid i gyd wedi cyrraedd y Bala erbyn heno."

Trodd i edrych i lawr i gyfeiriad Rhyd Wen.

"Weles i mo'r cythrel Twm Twm yna ers dyddie. Ella basa'n well i mi fynd yno i gael sgwrs efo fo ..."

"Na, Ellis, gad i betha fod. Mae dy fam yn poeni digon yn dy gylch di fel mae hi, a does gen ti ddim prawf beth bynnag, yn nag oes?"

"Pwy arall fysa'n gneud?"

"Neb arall, wrth gwrs, a mae'n siŵr dy fod di'n iawn, ond waeth i ti heb â thynnu'r dyn i dy ben, Ellis. Wneith o ddim ond prepian wrth Williams a hyd yn oed Syr Watkin, a ti'n gwybod mai ganddyn nhw mae'r llaw ucha, fel bob amser."

"Ie ond ..."

"Does yna ddim byd fedri di neud rŵan, Ellis, ond aros dy gyfle. Wyddost ti byth, ella daw yna dro i ninna gael ein ffordd ... Dyna ddeudodd y pregethwr p'nawn 'ma, yntê?"

"Hy, mae hwnnw'n rwdlan am Dafydd a Goliath bob dydd Sul yn rhywle, ond does yna ddim byd byth yn newid." Ciciodd Ellis ddarn o dywarchen wrth ei droed. Doedd neb am ddweud dim am funud, yna trodd Ellis at Dorothy a gwenu'r wên lydan oedd yn tawelu ofnau Dorothy bob tro.

"Ella dy fod di'n iawn. Waeth i mi heb â mynd lawr i Rhyd Wen rŵan, beth bynnag, neu does wybod be fydda i 'di wneud i'r snichyn bach dan din. A phrun bynnag, mae hi'n llawer rhy braf i fynd i dynnu'r diawl Twm Twm yna i 'mhen."

Arhosodd am funud. Eisteddodd ar y garreg wrth ei hymyl, a gallai Dorothy deimlo llawes ei grys yn brwsio yn erbyn ei braich, a gwibiodd pinnau bach cynnes ar hyd ei chroen. Cododd ar ei heistedd ac edrych arno. Roedd ei lygaid wedi ysgafnu, a sylwodd ar ymyl ei wefus yn codi'n wên eto.

"Wyt ti wedi bwyta'r bara a'r caws i gyd?"

Estynnodd am y pecyn a thynnu'r dorth allan ohono, a'i thorri yn ofalus gan roi'r darn heb grystyn du i Dorothy.

"Ella mai mynd o'ma fyddai orau i mi, sti ..."

Arhosodd y ddau yn dawel am sbel, y ddau'n mwynhau'r bara a chaws. Yna meddai Ellis:

"Ie, ella mai mynd o'ma ar long Mr Michael D. Jones fyddai orau i ni'n dau, cyn i'r ddau ohonan ni fynd i helynt. Fasat ti'n dod efo fi, Dorothy?"

Roedd bywyd yn beth od, meddyliodd Dorothy, a chofiodd fel y daeth o hyd un tro i dwmpath grug gwyn, prin. Dim ond merch fach wyth oed oedd hi ar y pryd, ac wedi rhuthro i'r tŷ efo llond ei dwylo o'r grug, wedi iddi ddod o hyd iddo wrth hel cen cerrig.

"Dyma ti – anrheg, Mam!"

Roedd Dorothy wedi ei roi i'w mam, ac roedd honno wedi stopio gwehyddu, ac wedi tynnu'r ferch fach ati a'i gwasgu'n gynnes.

"Wyt ti'n licio nhw, Mam?" Roedd hi mor falch ohoni ei hun wedi dod o hyd i'r grug prin, ac roedd Mam wedi chwerthin.

"Wyt ti'n hapus, Mam?"

Oedd tusw o grug gwyn yn ddigon i wneud ei mam yn hapus, a hithau heb gael dim i'w fwyta y bore hwnnw, ac yn eistedd ynghanol yr hofel dywyll, a'i dillad yn garpiau i gyd?

"Ydw, sti, dwi'n hapus, Doti fach. Mae hapusrwydd yn dod mewn fflachiadau bach bach weithie, fel rŵan. Does arna i ddim isho dim byd ond chdi a'r grug gwyn 'ma."

Roedd hi'n deall rŵan beth oedd ystyr geiriau ei mam. Yno yn gorwedd yn y brwyn, er gwaethaf Twm Twm a'i driciau, am yr eiliad honno roedd Dorothy yn hollol fodlon ei byd.

Pennod 15

"Roedd popeth yn barod a rŵan dyma hyn yn digwydd!"

Roedd Michael D. yn cerdded yn ôl a blaen ar hyd styllod y llawr, a phob tro roedd yn cyrraedd y pen wrth ymyl y drws roedd y styllen yn rhoi gwich flin. 'Nôl a blaen, 'nôl a blaen, nes i Mr Thomas godi'n sydyn o'i gadair, ei sbectol yn sboncio ar ei drwyn main. Allai o ddim dioddef mwy.

"Eisteddwch i lawr, er mwyn dyn, Michael, neu mi fyddwch wedi cael y bendro a finna efo chi. Mae'n ddigon cael y bachgen Daniel yna'n trio gorffen peintio cefn y stordy, heb eich cael chi'n troedio fel rhywun wedi colli ei bwyll hefyd."

Agorodd y fferyllydd y drws a diflannu. Roedd angen mynd i weld sut roedd y peintio yn dod yn ei flaen a pha lanast roedd Daniel wedi llwyddo ei wneud. Roedd rhan o'r stordy wedi ei pheintio ers misoedd, ond roedd pawb wedi bod yn rhy brysur, rhwng ceisio gwella'r anwydau a'r ffliw dros y gaeaf, fel nad oedd ond hanner y gwaith wedi ei gwblhau bryd hynny. Roedd Daniel wedi ei sicrhau y byddai ef yn medru gorffen y gwaith heddiw, gan fod y tywydd braf wedi gwella pawb, mae'n rhaid, a'r siop yn wag. Cymerodd Mr Thomas gip i mewn i'r stordy, a nodiodd yn fodlon wrth weld y waliau'n lân a'r paent llwydwyn newydd yn llwyddo i wneud y stordy ymddangos yn olau, glân a thaclus. Roedd yn falch iddo brynu'r paent arbennig yn y siop yn Llangollen; roedd y siopwr yno wedi ei sicrhau na fyddai'r paent hwn yn plicio oddi ar y wal fel yr hen baent gwyngalch. Sylwodd ar y jar gyda'r tair llygad ynddi; roedd rheiny hyd yn oed yn ymddangos fel petaen nhw'n gwenu'n fodlon.

Cododd Mr Thomas yr hambwrdd o'r gegin a rhoi dau wydryn arno a photel o bort, aeth yn ei ôl i'r stydi.

"Cymrwch joch o hwn, a dim protestio. Dwi'n gwybod eich bod chi wedi tyngu llw o ddirwest ond mae hwn ar gyfer achos meddygol yn unig, ac mi rydw i fel eich fferyllydd yn rhoi ordors ichi ei yfed!"

Daeth Michael D. i stop o flaen yr hambwrdd, a gan syllu ar y gwydrau bach cain a'r botel a'r hylif lliw gwaed, cymerodd y gwydr gan Mr Thomas. Yna ailddechreuodd droedio'r styllod ond yn dawelach erbyn hyn, rhag colli diferyn.

"Roedd yr *Halton Castle* yn llong daclus, wyddoch chi, ac mi roeddwn wedi bod yn ei harchwilio yn bersonol, er mwyn sicrhau fod popeth ynddi fel ag y dylai fod. Mae'r peth yn warthus nad ydi hi ar gael i ni fel yr addawyd. Gwarthus!" ebychodd y prifathro, a suddodd i'r gadair freichiau, a'r gwydryn bach bellach yn wag.

Gwyddai'r fferyllydd fod y fenter yma o anfon ymfudwyr drosodd i'r Wladfa wedi bod yn ddraenen yn ystlys Michael D. Roedd y fferyllydd wedi bod yn amheus o'r dechrau, wrth gwrs, ond fyddai edliw hynny i'r dyn mawr yn ddim lles, a phrun bynnag, nid oedd edliw yn natur y fferyllydd. Tawelu pobl oedd ei fusnes ef, nid eu cynhyrfu ymhellach.

Roedd wedi clywed fod y fenter wedi costio'n ddrud i

Michael D. Jones fel ag yr oedd, neu'n hytrach wedi costio'n ddrud i Mrs Ann Jones, ei wraig, gan fod pawb yn gwybod mai etifeddiaeth Ann oedd yn ariannu anturiaethau Michael D. fel arfer. Roedd y ddau yn bobl egwyddorol, felly roedd yn rhaid helpu'r ymfudwyr druan oedd wedi teithio o dde Cymru, ac oedd bellach yn aros yn Lerpwl nes byddai llong arall ar gael. Roedd y rhan fwyaf ohonynt wedi benthyg yn barod er mwyn talu'r deuddeg punt am y fordaith. Doedd dim gobaith ganddynt dalu eto am stafelloedd yn Lerpwl. Doedd dim amdani felly, ym meddwl Michael D. a'i wraig Ann, ond rhoi benthyg arian eto iddynt gael lle parchus i aros.

"Beth ydi'ch cynllun chi felly, Michael?" Eisteddodd y fferyllydd gyferbyn â'r prifathro, ei wydryn llawn yn gorffwys ar fraich ei gadair.

"Oes siawns cael llong arall yn fuan?"

Dal i edrych ar ei wydryn gwag wnaeth Michael D.

"Neu efallai byddai gohirio'r fordaith yn syniad gwell?" mentrodd y fferyllydd. Difarodd fentro pan gododd Michael D. ei ben yn sydyn, yr aeliau trwchus yn ymuno'n un llinell flewog, flin uwch ei lygaid.

"Gohirio? Na, fydd dim gohirio. Mae'r fintai yn barod i gychwyn, Thomas, ac mae gen i ddyletswydd i weld eu bod yn cyrraedd pen eu taith. Dydw i ddim wedi gweithio ers blynyddoedd i weld popeth yn mynd yn ffradach yn y diwedd, ac mae'r tir ffrwythlon yno yn aros amdanyn nhw. Does dim gohirio, siŵr! Duwcs annwyl, dim ond angen llong arall sydd, ac mae gen i addewid am un yn barod, dim ond nad ydi hi ddim cystal efallai, ond mi wnaiff y tro, wedi ei haddasu beth ... cawn weld."

Estynnodd y prifathro ei wydryn i gyfeiriad y fferyllydd i'w ail-lenwi, ac yfodd yr hylif melys ar ei dalcen. Yna pwysodd ei ben yn ôl yn erbyn cefn y gadair. Gallai Mr Thomas ei weld yn ymlacio, a gwenodd. Llw dirwest neu beidio, roedd mymryn o bort yn gwneud byd o les, o'i brofiad ef. Efallai y dylai ei argymell i Miss Pugh, at ei nerfau.

O'r tu ôl i'r drws clywodd sŵn rhywbeth trwm yn disgyn a bytheirio'n dilyn. Cododd yn wyllt – o'r drws gallai weld yr afon o baent yn llifo tuag ato. Roedd angen gras ac amynedd! Aeth yn ei ôl i'r stydi, eistedd yn drwm ar y gadair, a gwthio ei sbectol yn ôl i dop ei drwyn main.

"Llenwch y gwydr yma i mi wnewch chi, Michael," ochneidiodd.

Pennod 16

"Ond mae'n ddyletswydd arnoch chi, Jones." Ymestynnodd Williams ei gorff cyn daled ac y gallai. Roedd angen i'r cwnstabl ddeall fod yn rhaid cymryd sylw os oedd asiant Syr Watkin yn gofyn iddo wneud rhywbeth. "Mi wnes i weld gyda fy llygaid fy hun beth oedd achos eu marwolaeth. Gwenwyn, yn sicr – does dim amheuaeth am y peth. Rydw i wedi gweld effaith arsenic ar anifail o'r blaen, yr ewyn gwyn yn dod allan o'r geg, a'r anadlu llafurus ... ydach chi'n amau fy ngair i, Jones?"

"Nac ydw, wrth gwrs, Mr Williams, ond mae angen prawf cyn y galla i fynd i gyhuddo neb o'r fath drosedd. Mae gwenwyno pwrpasol yn drosedd ddifrifol iawn, wyddoch chi, ac mae cyhuddo rhywun am wneud hynny yn beth peryglus."

Symudodd Williams yn nes at wal y Lion. Pwysodd ei ddwylo ar y garreg oer, fel petai'n gorfodi ei hun i siarad yn araf ac i beidio colli amynedd yn llwyr.

"Faint o brawf sydd ei angen? Neu'n hytrach sut mae cael prawf os nad ydach chi'n fodlon mynd i chwilio amdano?"

Fe wyddai am Jones y cwnstabl yn iawn. Wedi dod i'r Bala i gael bywyd tawel oedd o, wrth gwrs. Tref fechan gysglyd ynghanol nunlle – go brin y byddai llawer o lofruddiaethau, lladrata na thwyllo yn digwydd mewn tref mor grefyddol, ond fe wyddai Williams yn well. Roedd ffug barchusrwydd Penllyn yn mynd dan ei groen. Roedd gan y radicaliaid yna wyneb, yn tyrru i'w capeli moel bob Sul, ac yna gollwng eu clogyn o barchusrwydd reit sydyn pan fyddai arwydd fod yr eog wedi cyrraedd yr afonydd, neu gwningod tewion i'w dal.

"Beth sydd yn eich poeni *chi* bore 'ma, Mr Williams?"

"Aha, Mr Thomas, yr union ddyn roeddwn i eisiau ei weld. Mae'n debyg i chi glywed fod rhyw ddihiryn wedi gwenwyno fy nghŵn i – ac mae'r cwnstabl ar ei ffordd acw rŵan i'r apothecari i'ch holi pwy sydd wedi prynu gwenwyn yn ddiweddar."

Trodd i edrych ar y cwnstabl,

"Yn tydach, Jones?"

"Ym ... ie ... wel." Symudodd y cwnstabl ei bwysau o un goes i'r llall yn anesmwyth.

"Ond mae hynny'n amhosibl, Mr Williams. Does yna ddegau o boteli gwenwyn yn cael eu gwerthu gen i a chan bob drygist a siop groser arall yn y Bala, siŵr o fod, a phla o lygod a phob pla arall yn benderfynol o reibio'r ardal yma."

Daeth Dafydd Israel heibio'r gornel, ei gefn yn grwm a'i ddwylo crebachlyd yn plycio ar ymyl ei grys rhacsiog, a bu bron iddo a baglu yn y triawd oedd yn sefyll o flaen y Lion. Arhosodd am funud a gwyro ei ben i un ochr i gymryd golwg fanylach ar y tri gŵr.

"Pla ddeudsoch chi, Mr Thomas? Oes, mae yna ddigon o'r rheiny o gwmpas y lle 'ma. Pobl ydi'r pla gwaetha y gwn i amdano – gadwch lonydd i'r tyrchod a'r llygod!" A brysiodd yr hen ŵr yn ei flaen wedyn.

"Mae mwy o siawns i chi ddod o hyd i sofren aur yng

ngwely Dafydd Israel na dod o hyd i'r union ddihiryn brynodd wenwyn yn y flwyddyn ddiwetha. Dydd da i chi'ch dau." Cododd Mr Thomas ei het yn foesgar, yna trodd yn ei ôl ac ychwanegodd, "Ond mae croeso i chi ddod acw i'r siop i holi Smythe a Daniel, wrth gwrs."

"Dyna chi, Jones. Cychwyn wrth eich traed fyddai orau, ond mi alwa i ar Twm Twm i roi help llaw i chi. Mae gan hwnnw drwyn da am bethau fel hyn; mi geith ddod atoch chi am ddiwrnod neu ddau, ac mi cewch ei wasanaeth yn ddi-dâl. Dwi'n benderfynol, welwch chi, i ddod o hyd i'r un sy'n gyfrifol. Wyddoch chi ddim beth wneith y dihiryn nesa – efallai mai cŵn gafodd yr anffawd y tro hwn, ond pwy a ŵyr nad bod dynol fydd nesa ar ei restr, ac mi fydd yna achos o lofruddiaeth ar eich dwylo cyn diwedd y mis. Fyddai hynny ddim yn gwneud y tro, yn na fyddai, Cwnstabl Jones?"

Gwyliodd y cwnstabl yr asiant yn cerdded yn urddasol yn ei flaen gan godi ei het ar hwn a'r llall wrth basio. Daeth teimlad annifyr drosto. Ers dod yn heddwas i'r Bala ychydig o fisoedd yn ôl, roedd wedi ceisio ei orau i fod yn deg gyda phawb, ond gwyddai'n iawn fod hwn yn achos y byddai'n rhaid ei ddirwyn i'w ben. Fyddai dim llonydd i'w gael heb i hynny ddigwydd, ac os nad oedd ef yn dod o hyd i un i'w erlyn, yna byddai Williams yn siŵr o ddod o hyd i rywun i osod y bai ar ei ysgwyddau. Syllodd Jones yn hiraethus trwy ffenestr y Lion. Byddai cwart o gwrw wedi bod yn dderbyniol iawn, a rhywbeth i'w gnoi. Rhoddodd ei stumog chwyrniad fach wrth gytuno. Ond troi oddi wrth y Lion wnaeth Jones ac anelu ei gamau am siop yr apothecari. Croesodd Twm Twm tuag ato – doedd Williams ddim am wastraffu amser, felly.

"Wedi cael ordors i ddod i'ch helpu chi, Jones – rhyw ddiawl yn gwenwyno cŵn o gwmpas y lle, mae'n debyg," meddai Twm Twm. "Tân uffern ydi eu lle nhw, Jones. Reit, lle rydan ni'n cychwyn?"

Ar ei ffordd yn ei ôl i'r siop wedi bod adre yn cael ei ginio roedd Smythe pan welodd y cwnstabl a Twm Twm yn camu trwy ddrws yr apothecari, a byddai wedi troi ar ei sawdl a rhuthro yn ei ôl i fyny'r stryd fawr petai wedi cael cyfle. Roedd ganddo syniad go dda beth oedd neges y ddau, a doedd o ddim am fod yr ochr arall i'r cownter yn ceisio ateb cwestiynau'r cwnstabl, yn arbennig gyda llygaid Twm Twm yn rhythu arno.

"Ar eich ffordd yn ôl i'r siop, gobeithio, Smythe?" Craffodd Mr Thomas ar ei oriawr boced wrth iddo weld ei weithiwr yn brysio lawr y stryd. Edrychodd wedyn. Roedd hi wedi un o'r gloch ymhell – fe ddylai Smythe fod yn ei ôl ers cyn yr awr. Faint o amser oedd angen ar y dyn i fwyta ei ginio, pendronodd – amser go hir, o edrych ar ei fol.

"Ie, Mr Thomas, ar fy ffordd oeddwn i rŵan. Wedi gorfod mynd ar neges dros Mam, mae ei chrydcymalau hi'n waeth nag erioed, wyddoch chi ..."

"Hmm," rhythodd Mr Thomas arno a throdd ar ei sawdl ac anelu am yr apothecari. Roedd Mrs Smythe wedi bod yn y siop echdoe, ac os cofiai'n iawn roedd hi'n chwim iawn ar ei thraed. Ond doedd o ddim am iselhau ei hun i fynd i gwestiynu cyflwr coesau gwraig weddw fel Mrs Smythe.

Dilynodd y siopwr ei gyflogwr, a'i gamau'n gyflym. Doedd ganddo ddim dewis ond wynebu'r cwnstabl, a theimlodd ei galon yn curo'n gyflymach.

"Na, mae'n ddrwg gen i, syr, ond does ganddon ni ddim cofnod o'r rhai sy'n prynu gwenwyn. Mae'n siŵr y dylen ni gadw rhestr, ond mae'n beth mor gyffredin, wyddoch chi, a llygod ac ati yn gymaint o broblem."

Estynnodd Daniel am yr ysgol, fel petai am estyn am y jar.

"Ydach chi am i mi ddod â'r jar i lawr i chi gael golwg arni, syr?" gofynnodd wedyn.

"Na, does dim angen, ond maddeuwch i mi, mae ganddoch chi ddwy jar yn fan'na, oes?"

Daeth Mr Thomas o'r tu ôl i'r llenni, wedi cadw ei gôt.

"Oes, cwnstabl, mae'n ofynnol rŵan, wyddoch chi, i ni sicrhau mai lliw glas sydd ar y gwenwyn. Dyna'r ddeddf erbyn hyn." Pesychodd Mr Thomas. "Roedd y powdwr gwyn yn rhy debyg i siwgr, mae'n debyg. Felly dyna'r jar las, ond mae rhyw fymryn o'r hen un ar ôl, felly mae honno yno hefyd."

Tynnodd y cwnstabl ei lyfr bach o boced ei gôt, a gwichiodd y plwm ar draws y papur wrth iddo nodi'r wybodaeth.

"Wyt ti'n cofio pwy fu'n prynu gwenwyn yn ddiweddar?" Sodrodd Twm Twm ei olygon ar Daniel, nes i hwnnw deimlo ei fochau'n poethi.

"Dwi'n meddwl mai fi ddylai wneud y cwestiynu." Trodd y cwnstabl at Twm Twm, ei lygaid yn fflachio, a thorrodd y plwm yn y bensel.

"Wel," meddai, "oes gen ti enw i mi?"

Ysgydwodd Daniel ei ben yn araf. Roedd cymaint o ffermwyr yn dod i brynu gwenwyn, ond doedd o'n sicr ddim am enwi neb.

"Dwi'n cofio rhyw wraig fonheddig yn dod yma ryw ddydd

yn cwyno bod pla o lygod bach yn ei phoeni, ond fedra i ddim cofio ei henw."

"Mrs Eliza Edwards!" poerodd Smythe. "Ond mae hi'n wraig fonheddig, wrth gwrs. Fyddai hi'n sicr ddim yn meddwl gwenwyno cŵn …"

"Pwy ddywedodd dim wrthych chi, Mr Smythe, am wenwyno cŵn?" Ailafaelodd y cwnstabl yn ei bensil, ond gyda'r plwm wedi torri, aneglur iawn oedd y nodyn yn y llyfryn bach.

Ond brysiodd Smythe yn ei flaen. "Dim ond clywed rhyw si, wyddoch chi, cwnstabl, ond mae yna sawl ffarmwr wedi bod yma'n prynu, wrth gwrs. Dyna i chi John Jones, Tŷ Croes …" Arhosodd Smythe am funud, fel petai'n ceisio cofio. "O ie, wrth gwrs, mi ddaeth garddwr Plas yn Dre yma wythnos diwethaf hefyd – tyrchod yn codi ynghanol y ffa … Fu Ellis Roberts Tyddyn Gwynt yma hefyd, Daniel?"

Sgriblodd y cwnstabl yn wyllt, a Twm Twm wrth ei benelin yn ei atgoffa o'r enwau.

Symudodd Daniel o un droed i'r llall:

"Na, does gen i ddim cof i Ellis Roberts ddod i mewn o gwbl …"

"O! Mae'n siŵr mai fi sy'n camgymryd felly," gwenodd Smythe.

"Diolch i chi, Mr Thomas, am eich hamser." Trodd y cwnstabl am y drws a Twm Twm yn ei ddilyn yn glòs. Roedd angen ymweld â holl siopau'r Bala, a byddai cael hwn ar ei gynffon yn profi ei amynedd i'r pen. Rhoddodd y cwnstabl glep i ddrws yr apothecari nes bod y jariau yn siglo'n beryglus. Ochneidiodd Mr Thomas ac amneidiodd ar i Daniel ei ddilyn i'r stydi.

Syllodd Smythe yn syn ar yr ail ddrws yn cau'n glep o'i flaen.

Stryffaglodd i geisio cau cortyn y ffedog wen am ei ganol. Roedd ganddo boen yn ei stumog, braidd, ac estynnodd am ddwy neu dair o'r pils siarcol du.

Pennod 17

"Wyddost ti rywbeth am hyn, Daniel?"

Eisteddodd Daniel gyferbyn â'r fferyllydd. Roedd wyneb hwnnw'n syber, heb argoel o'r wên flinedig arferol.

Ysgydwodd Daniel ei ben yn ffyrnig.

"Na wn i wir, syr." Fedrai Daniel ddim cadw ei ddwylo'n llonydd. "Mae yna gymaint o bobl yn dod i mewn i nôl gwenwyn, yn does, syr – arsenic neu'r gwenwyn tyrchod arall hwnnw ... fedra i ddim cofio ei enw ..."

"*Strychnine* efallai?" Roedd llygaid Mr Thomas yn treiddio i mewn i'w rhai ef a doedd gan Daniel ddim gobaith cuddio dim na ffugio anwybodaeth. Teimlai ei galon yn tawelu'n raddol. Doedd ganddo ddim dewis. Roedd yn rhaid iddo gyfaddef iddo roi potelaid fechan o'r gwenwyn hwnnw i Ellis rai misoedd yn ôl bellach, gan fod yna bla o dyrchod yn Nhyddyn Gwynt. Roedd o'n cofio'r prynhawn yn iawn. Doedd gan Ellis ddim digon o arian i'w brynu, ond roedd Daniel wedi talu amdano drosto, ac wedi rhoi potelaid fechan, dim ond y mymryn lleiaf iddo. Y prynhawn hwnnw roedd Daniel wedi cael gwybod bod y beiliaid ar eu ffordd i Rhyd Wen ac wedi rhoi gwybod i Ellis er mwyn i hwnnw fynd yno i geisio helpu. Rhywsut roedd Daniel wedi difaru rhoi'r gwenwyn i Ellis y diwrnod hwnnw, efallai oherwydd yr helynt yn Rhyd Wen, ond doedd ganddo ddim achos i amau'r ffermwr ifanc. Wedi'r cwbl, roedd gan Ellis yr un hawl â phawb arall i reoli tyrchod.

"Mi wnes i werthu gwenwyn tyrchod i Ellis Tyddyn Gwynt, ond doedd ganddo ddim arian i dalu amdano, felly mi dales i amdano iddo fo."

"Pryd oedd hynny, Daniel?"

"Y diwrnod y bu'r beiliaid i fyny yn Rhyd Wen oedd hi, Mr Thomas, achos dwi'n cofio bod Ellis i lawr yn y dref, a Dorothy efo fo, ac mi ddeudis i wrtho am y beiliaid a'i siarsio i fynd â Dorothy adre gynta, achos mi roeddwn i'n gwybod y bydde fo'n mynd yno, a doeddwn i ddim am i Dorothy gael ei dal yn yr helynt."

Tynnodd Mr Thomas ei sbectol weiren a'i rhoi i orffwys ar ei lin, cyn rhoi ei ddwylo dros ei lygaid, fel petai cuddio Daniel o'i olwg yn mynd i gael gwared o'r broblem. Roedd o'n aelod parchus o'r gymdeithas yma yn y Bala, ac fe ddylai alw'r cwnstabl yn ei ôl, wrth gwrs, i roi'r wybodaeth hon iddo. Arhosodd y ddau yn dawel am funud, gyda'r hen ŵr yn eistedd yn llonydd, llonydd, yna cododd ei ben yn sydyn.

"Welodd Smythe dy fod di wedi gwerthu gwenwyn i Ellis, wyt ti'n meddwl?"

"Naddo, syr. Mi es i â'r botel iddo fo i'r drws cefn; roedd Smythe yn y siop."

"Dyna fo – mi gadwn ni'r sgwrs fach yma rhyngom ni'n dau, felly, Daniel – paid â sôn wrth neb arall fod Ellis wedi bod yma'n prynu dim. Mi fydd gan Twm Twm ddigon o esgus i berswadio'r cwnstabl i fynd i holi Ellis fel mae hi, mae'n debyg."

Roedd y cwnstabl a Twm Twm wedi bod o amgylch rhan fwyaf o siopau'r Bala, er bod Twm Twm yn tynnu'n groes bob cam. Roedd hwnnw'n benderfynol o fynd heibio ffermwyr yr ardal yn hytrach na'r siopwyr.

"Fyddai ddim yn well i ni fod yn mynd i lygad y ffynnon, cwnstabl?"

"A ble mae fan'no, Twm Twm?"

Doedd gan y cwnstabl ddim amynedd efo'r dyn. Roedd hi ymhell wedi amser cinio, ond roedd hwn fel cysgod yn sownd wrth ei sodlau. Ond roedd o bellach wedi mynnu cael awr iddo'i hun – roedd o wedi addo mynd heibio Miss Parry oedd yn byw ar y ffordd i Lanycil. Roedd hi am iddo sicrhau fod cloeon y tŷ yn ddigon praff, ac roedd yntau wedi addo mynd heibio i dawelu ei hofnau. Roedd Miss Parry yn wraig ifanc brydweddol iawn, a byddai awr yn ei chwmni yn doriad braf rhag busnesa Twm Twm. Gadawodd y cwnstabl hwnnw yn sefyllian ar gornel y Stryd Fawr, ei lygaid ffurat yn dilyn hwn a'r llall.

Brysiodd Jones ar hyd y ffordd allan o'r Bala ar hyd ymyl y llyn. Roedd haenen o niwl wedi disgyn, gan orchuddio'r Aran o'i chopa at flaen ei throed, a chrych yn codi ar wyneb Llyn Tegid. Craffodd y cwnstabl ar y dŵr. Aeth cryndod trwyddo. Roedd y dŵr heddiw yn edrych yn dywyll a bygythiol, rywsut. Llithrodd i lawr y llethr bach nes cyrraedd y lan; byddai'n dilyn y dŵr draw at Llanycil, gan obeithio na welai neb ef yn fan honno. Gallai weld y tyfiant oddi tan wyneb y dŵr yn symud yn ddiog ond fedrai o weld dim bywyd yno, dim sôn o'r gwyniaid swil, na'r penhwyaid oedd yn llithro trwy'r dyfnder yn chwilio am eu prae, eu dannedd yn barod.

Suddodd ei draed i'r llaid, y llysnafedd yn gafael yn ei esgidiau fel poer, a sylwodd fel roedd dŵr y nant fechan oedd yn llifo i'r llyn yn llai bywiog, rhywsut. Roedd rhywbeth yn wahanol am y glannau heddiw ac roedd rhyw rym rhyfedd yn mynnu ei dynnu'n nes, nes at ymyl y dŵr tywyll. Draw ynghanol y clwstwr carafanau ar y lan bellaf roedd plentyn yn crio a chi yn cyfarth, ond roedd popeth o amgylch y carafanau yn llonydd, y drysau ar gau, a hyd yn oed lliw paent y carafanau heddiw yn fwy pŵl, y lliw wedi pylu, a'r patrymau yn hen a threuliedig, fel hen, hen storïau rhywun fu'n byw yn eu mysg un tro.

Yna'n sydyn, cododd haid o hwyaid o ganol yr hesg, a fflach eu hadenydd yn goleuo'r llwydni clòs fel fflach mellten annisgwyl. Holltodd y dŵr du wedyn, a'r hesg yn plygu. Craffodd, ac yno yn codi o'r dŵr, ei gwallt tywyll yn cydio yn ei chroen yn gudynnau, roedd merch ifanc, ei breichiau claerwyn yn noeth. Merch ifanc hardd, ei llygaid mor dywyll â'r nos a'i hwyneb yr un wedd â'r lloer ei hun. Gwyddai'r cwnstabl na welodd erioed ferch cyn hardded, ond fedrai o ddim cysoni'r hyn a welodd gyda dim a brofodd erioed yn ei fywyd. Fedrai ddim ei chymharu â neb, oherwydd welodd o'r un ferch debyg o'r blaen. Teimlodd y dŵr du yn chwyrlïo o amgylch ei draed, ei fferau, ei bengliniau; roedd y dŵr yn ei sugno i mewn iddo, yn ei gymell yn ei flaen. Roedd yn rhaid iddo ei hachub, ond gwyddai hefyd yn sicr, pe byddai'n ei chyffwrdd, na fyddai ei ddwylo'n cyffwrdd â dim, dim ond yr awyr laith a blaenau meddal yr hesg.

Gorfododd ei hun i aros, i beidio camu ymhellach, a gwyliodd y niwl yn disgyn gan gau'n llen rhyngddo a'r rhith o ferch. Trodd yn ei ôl i'r lan, ei draed a'i lodrau'n drwm gan ddŵr, y llysnafedd yn glynu'n ei esgidiau; neidiodd y nant fechan a nesu tuag at y carafanau. Sgyrnygodd un o'r cŵn oddi tan y garafán gyntaf – hen helgi main a'i flew llwyd yn arw fel brwsh wedi gweld ei ddyddiau gwell. Sgyrnygodd wedyn a sleifio'n nes, gan ddangos ei ddannedd melynion.

"Sa' draw!"

Agorodd rhan ucha'r drws, ac ymddangosodd pen o'r tywyllwch – wyneb pryd tywyll, y gwynt a'r haul wedi gadael ei ôl ar y croen. Bron nad oedd llwch canrifoedd yn cuddio yn y rhychau, ond sylwodd y cwnstabl yn syth ar y llygaid bywiog dwfn dan aeliau claerwyn.

"Sa' draw a gad lonydd!" Daeth y llais yn gryndod trwy'r cysgod. Ciliodd y milgi yn ei ôl o dan y garafán i wylio. Agorodd y drws a chamodd dyn bychan i lawr y grisiau i wynebu'r cwnstabl.

"Be 'di dy neges, gyfaill?" Gwyrodd ei ben ar un ochr, ei lygaid yn dadansoddi'r cwnstabl.

"Mi weles ferch yn y llyn draw efo'r hesg yn fan acw," amneidiodd y cwnstabl fel petai am i'r hen ŵr ei ddilyn at lan y llyn, "ond mi ddiflannodd, a daeth y niwl, a weles i mohoni'n dod allan. Oes un o'ch tylwyth chi yn debygol o fod yn ymdrochi ...?"

Trodd y gŵr yn ei ôl, estyn cetyn clai o'i boced ac eistedd ar ris isaf y garafán. Taniodd ei getyn yn araf, a throdd y cwnstabl yn ei ôl i'w wynebu.

"Na, does yr un o'm merched i yn mynd i ymdrochi bellach." Tynnodd yr hen ŵr ar y cetyn, nes i'r baco danio ac i'r mwg ddechrau dianc, gan wau yn rhubanau llwyd o amgylch ei wyneb. Yna, fel o ben pella ogof wag, daeth ei lais wedyn, "ond fe fu merch gen i unwaith, un *rakli* oedd yn mynnu crwydro'r glannau. Yr afonydd a'r nentydd oedd ei byd hi – byddai'n ymdrochi dan y rhaeadrau, yn deall y dyfroedd a'r llif, yn adnabod y pyllau gorau, yn hudo'r brithyll ac yn twyllo'r eogiaid, yn fwy ystwyth na'r un slywen ddŵr; do, fe fu gen i ferch felly unwaith."

Arhosodd yr hen ŵr, a thrawodd ei law dros ei lygaid.

"Ydi hi yma ...?"

Ysgydwodd yr hen ŵr ei ben yn freuddwydiol. "Fe syrthiodd mewn cariad â *gajo* ifanc, un o lanciau'r ardal yma. Mae o'n dal i fod yma, fe wn i hynny, ac fe wn i hefyd mai fo sy'n gyfrifol am gadw fy merch yma, er na ŵyr o hynny, druan ag o; ŵyr o ddim chwaith na fedr hithau orffwyso nes iddi fod yn fodlon ei fod yn ddiogel."

Gwyrodd yn ei flaen a bu'n rhaid i'r cwnstabl symud yn nes, gan mor dawel y siaradai.

"Un noson fe aeth hi gyda'r *gajo*, a ddaeth hi ddim adre 'nôl i'r garafán atom ni, ac fe wyddwn i fod rhywbeth wedi digwydd iddi. Fe gawson hyd i'w hesgidiau ar lan yr afon, ond ddaeth yr un corff i'r golwg. Mae'r afon weithiau yn cadw ei thrysorau, wyddoch chi ... do, fe foddwyd fy *rakli* hardd. Ond wn i ddim sut y bu i hynny ddigwydd hyd heddiw, a hithau'n deall pob pwll a thro ym mhob afon. Dim ond hi, Eldra, sy'n gwybod beth ddigwyddodd y noson honno, ond mae ganddi ofn, fe wn i hynny. Nid ofn drosti hi ei hun – does ganddi hi ddim ar ôl i'w golli – ond mae ofni dros rywun arall yn waeth, yn tydi, gyfaill? Mae'r ofn hwnnw yn ei chadw yr ochr yma i'r llen fawr, yn ei rhwystro rhag croesi draw i dir y meirw. Fe wyddwn i fod drygioni'n cerdded y glannau y noson honno. Roedd y ceiliog yn mynnu canu cyn i'r watsh aur godi, a neithiwr yn fy mreuddwyd fe glywais i'r ceiliog eto'n canu. Mae'r drygioni hwnnw yma o hyd, syr; mae gweision y Diafol yn parhau i weithio yma, a dyna pam na fedr Eldra, druan, orffwyso."

Yno o flaen y garafán safodd y cwnstabl, a rhywbeth oer fel dŵr y llyn yn treiddio'n araf trwy ei wythiennau. Trodd yn ei ôl am y dref; byddai'n rhaid i Miss Parry a'i phryderon aros am ddiwrnod arall.

Pennod 18

Teimladau cymysg oedd gan Wil Ifan wrth adael stydi
Michael D. Jones y bore hwnnw. Wyddai o ddim a wnaeth y
peth cywir ai peidio, ond roedd wedi pwyso a mesur hyd at
syrffed, ac yn dod i benderfyniad gwahanol bron bob tro. Ond
neithiwr roedd ei fam ac yntau wedi trafod yn hir i'r nos.
Roedd hi, wrth gwrs, yn amheus, a doedd hi ddim, fwy nag
unrhyw fam arall, yn awyddus i weld ei mab yn ymfudo i ben
draw'r byd. Ond ar y llaw arall, fe welai'r anniddigrwydd yn
corddi Wil Ifan, a doedd cael mab rhy danllyd ddim yn hawdd
ym Mhenllyn y dyddiau hyn. Roedd yr arian hefyd, wrth gwrs,
yn swm anferthol – deuddeg punt! Ac er bod yr arian a gafodd
yn ewyllys ei daid wedi ei gadw'n ddiogel yn y banc, doedd
Wil ddim yn siŵr ai prynu tocyn un ffordd i Batagonia oedd y
defnydd gorau ohono. Wedi prynu'r tocyn, dim ond deg punt
fyddai ar ôl o'i gynilion wedyn.

"Wel, os mai dyna dy ddymuniad di, wna i ddim sefyll yn
dy ffordd di, Wil, mi wyddost ti hynny, a dwyt ti ddim i beidio
mynd o'm herwydd i, chwaith. Mae dy chwaer ddigon o'm
hangen i efo'r nythiad plant, a'r lembo gŵr yna sydd ganddi
yn dda i ddim byd ond i wagio bareli cwrw i lawr yn y Bala
yna."

Ysgydwodd y wraig ei phen yn ffyrnig. Doedd Mali Ifan

ddim yn un i ddioddef meddwon, a gwyddai Wil na fyddai hi'n cymryd dim o lol ei mab yng nghyfraith petai hwnnw'n ddigon gwirion i ddod i'r golwg. Gwenodd. Fe fyddai ei fam yn iawn. Doedd neb yn cael y gorau arni hi, ac er y byddai ei gadael, wrth gwrs, yn codi hiraeth, o leiaf fyddai arno ddim ofn drosti. Gwenodd wedyn wrth gofio'r ffordd y deliodd efo mastiff Williams y diwrnod y bu i hwnnw ddod i chwilio am damaid o bowltri i swper yr ail dro – heglodd y ci oddi yno, efo'i gynffon rhwng ei goesau, a ffon y wraig ar ei ôl. Doedd neb yn cael y gorau ar Mali Ifan, diolch i Dduw amdani.

"Mae llong newydd wedi ei pharatoi yn barod, Wil. Mi fydd y *Mimosa* yn hwylio am y Wladfa ar ddiwedd Mai, os bydd popeth yn hwylus ac os na chawn ni ryw anffawd arall i'n rhwystro."

Roedd llygaid ffyrnig Michael D. wedi crychu, a gwên lydan wedi goleuo ei wyneb. Byddai cael gŵr ifanc deallus a chryf fel Wil Ifan yn gaffaeliad mawr i'r Wladfa newydd. Wedi'r cwbl, roedd gwaith caled yn eu hwynebu, tai angen eu hadeiladu, a thir angen ei drin.

Arhosodd Wil Ifan ar ben yr allt i edrych i lawr dros dref y Bala, a Llyn Tegid a'r Aran yn gwylio drostyn nhw; beth yn y byd oedd o wedi ei wneud yn prynu tocyn fyddai'n mynd ag o ymhell oddi yno? Bron nad oedd yn difaru'n barod.

*   *   *

Rhuthrodd Dorothy i mewn i'r siop, ei bochau'n goch, ei llygaid yn loyw, a'i gwallt ym mhobman. Neidiodd cloch y drws.

"Daniel!" galwodd. "Ydi Daniel yma?"

Edrychodd Smythe yn syn arni. Doedd merched ifanc ddim fel arfer yn dod i mewn i'r apothecari a golwg wyllt fel hyn arnyn nhw – tybed fyddai'n well iddo argymell dos o rywbeth at ei nerfau? Ychydig o *ergot*, efallai?

"Mae'n rhaid i mi weld Daniel!" Cipiodd ei gwynt ati a phwysodd yn erbyn y cownter, "Mae'n rhaid iddo fo ddod ar unwaith. Mae Ellis, mae Ellis …"

"Mae o trwodd yn y stordy, miss. Ydi popeth yn iawn?" Symudodd ei bwysau o un droed i'r llall, a theimlodd ei galon yn rhoi sbonc fach. Rhoddodd ei law dros ei frest, fel petai'n credu y gallai hon, rhywsut, weld ei galon yn sboncio o dan ei ffedog wen. Teimlodd wres rhyfedd yn codi i'w fochau, a throdd i wynebu'r silffoedd fel petai'n chwilio am rywbeth. Doedd o ddim am i hon weld yr olwg ar ei wyneb. Taerai fod yr euogrwydd wedi ei stampio ar ei dalcen.

Rhuthrodd Dorothy trwy'r llenni, y plygiadau melfed yn cau amdani. Gwthiodd y llenni o'r ffordd yn wyllt.

"Daniel, Daniel!" Rhuthrodd heibio'r silffoedd simsan, a daeth Daniel i mewn trwy'r drws cefn. "Maen nhw wedi mynd ag Ellis, rhaid i ti ddod … ac mae'r mistar wedi mynd i'w gragen, yn eistedd yn siglo 'nôl a blaen, ac mae'r fistras wedi gofyn wnei di ddod i fyny i weld beth fedrwn ni wneud … O! Daniel, maen nhw'n dweud mai Ellis wnaeth roi gwenwyn ym mwyd y cŵn yna, ac mai dial oedd o am be wnaethon nhw i'r gwydda …"

"Cymer bwyll, Dorothy, ac aros am funud i gymryd dy wynt." Rhoddodd Daniel y stôl o'i blaen, ond gwrthododd Dorothy eistedd.

"Na! Does ganddon ni ddim amser, Daniel, mae'n rhaid i ni fynd rŵan."

Tynnodd Daniel ei ffedog wen, taro ei siaced dros ei ysgwyddau, a dilynodd ei chwaer allan i'r stryd.

Eisteddai Robert Roberts yn ei gadair yn siglo 'nôl a blaen, gan syllu'n syn i unman.

"Pan ddaeth Twm Twm i lawr y grisiau o'r llofft stabal a'r olwg yna ar ei wyneb, roeddwn i'n gwybod bod Ellis mewn helynt, sti, ac wedyn pan ddaeth y cwnstabl ar ei ôl a'r petha yna yn ei ddwylo, fedrwn i ddeud dim byd, er bod Ellis yn gwadu na wydda fo ddim am y gwenwyn yn y bag lledr. Doedd o erioed wedi gweld y botel wenwyn yna o'r blaen, yn nag oedd, Mrs Roberts?"

Roedd Dorothy yn troedio llawr y gegin yn wyllt, a Mrs Roberts wrthi'n pacio darn o fara a chacen riwbob mewn tamaid o gadach. Er yr helynt, roedd ganddi bethau i'w gwneud. Synai Dorothy. Doedd dim stop ar ymarferoldeb y fistras, hyd yn oed nawr a'i mab dan glo.

"Nag oedd, medda fo. Dwi'n methu â deall y peth, sti, Daniel ... o ble daeth y botel? Mi werthaist ti wenwyn tyrchod iddo, yn do? Mewn potel fechan lliw pridd oedd hwnnw, meddai Ellis, ond potel las oedd hon ..."

"Ie, potel bridd gafodd o gen i," meddai Daniel. "Gafodd o fenthyg gwenwyn gan rywun arall, tybed?"

Ond doedd hynny'n gwneud dim synnwyr, chwaith. I beth fyddai o angen mwy o wenwyn a'r tyrchod wedi eu difa yn ôl pob golwg?

"Yr holl helynt 'ma wedi cychwyn efo lladd yr hen wydda

yna. Taswn i'n gwybod, Dorothy, faswn i wedi rhoi tro yn eu gyddfa nhw fy hun."

Ochneidiodd y fistras, ac am y tro cyntaf ers iddi gyrraedd Tyddyn Gwynt, gwelodd Dorothy fod bywyd yn gallu bod yn drech Mrs Roberts, hyd yn oed. Gwelodd y wraig yn crymu o flaen ei llygaid, fel draenen wydn ar y ffridd, yn gwyro i adael i'r gwyntoedd miniog chwipio heibio iddi, cyn blodeuo'n hardd a chryf wedyn, unwaith roedd bysedd cynnes haul y gwanwyn yn ei chyffwrdd. Roedd y fistras wedi sefyll yma ynghanol ei chegin yn tendio, yn tawelu ambell dro ac yn annog dro arall, yn gwybod pryd i ddweud y drefn ac yn gwybod hefyd pan fyddai canlyniad ynddo ei hun yn ddigon o gerydd.

Cofiodd Dorothy y noson y daeth i Dyddyn Gwynt gyntaf, ei mam wedi ei chladdu ym mynwent Llanycil. Roedd hi a Daniel wedi cael aros gyda Shadrach am ychydig, i aros eu tynged. Roedd hi wedi cyrraedd yma heb ddim ond y dillad oedd amdani a rheiny'n hen garpiau roedd ei mam wedi llwyddo i'w trwsio dro ar ôl tro. Doedd hon ddim wedi dangos ei bod yn tosturio wrth Dorothy, dim ond rhoi'r ferch ifanc ar waith yn syth. Cofiai'n iawn iddi orfod mynd ati i baratoi swper i bawb wedi iddi gyrraedd. Fu dim geiriau cysurlon, dim cydymdeimlo, ond y bore cyntaf iddi ddeffro yn ei gwely bach y tu ôl i'r llenni ar landin Tyddyn Gwynt, roedd rhywbeth trwm wedi eu gosod ar waelod y gwely. Roedd Dorothy wedi codi i weld sgert frethyn drom, bodis cotwm gyda choler wen, siôl gynnes, a dillad isaf newydd yn aros iddi eu gwisgo. Cofiodd y teimlad cynnes hwnnw wrth iddi dynnu'r sanau gwlan trwchus am ei thraed.

Estynnodd Dorothy ei llaw dros bren garw'r bwrdd, a chydio'n dynn yn nwylo'r wraig hon fu fel mam iddi. Gwenodd hithau'n wan.

Yna cododd Dorothy a gafael yn y pecyn bwyd.

"Mi awn ni'n dau i lawr i edrych gawn ni ei weld o ... ac efallai y medri di gael gair efo Mr Thomas, Daniel?"

Pennod 19

Roedd y cwnstabl wedi bod yn ddigon cwrtais, ond roedd yr holl brofiad mor ddieithr i Ellis, pan glywodd sŵn y goriad yn troi yn y clo, roedd ei fol wedi rhoi tro hefyd. Diolchodd nad oedd neb arall yn y stafell fechan efo fo. Roedd y meddwyn oedd wedi gadael ei ôl ar y llawr dros nos wedi ei ryddhau i sobri yn rhywle arall, ac roedd ogla'r llysnafedd yn codi'n sur o'r llawr pridd.

Mynnodd meddwl Ellis grwydro yn ôl dro ar ôl tro i'r eiliad y daeth Twm Twm a'r cwnstabl i lawr stepiau'r llofft stabl, efo'r botel las a'r fagl. Gallai gofio wyneb Twm Twm yn iawn, y gwefusau main yn ffurfio'n wên annymunol. Ond roedd y cwnstabl efo fo yn y llofft – fedrai'r snichyn byth fod wedi rhoi'r botel yn y bag heb i hwnnw ei weld yn gwneud hynny, siawns. Gallai dderbyn yr hyn fyddai'n digwydd iddo am fod â'r fagl yn ei feddiant – wedi'r cyfan, roedd Seth wedi cael ei ryddhau, er ei fod wedi ei gyhuddo o ddal cwningod. O leiaf doedd yna 'run gwningen yn y fagl, meddyliodd Ellis, felly gyda gobaith, fyddai'r Fainc ddim yn ei gosbi'n rhy galed. Ond fedrai o ddim derbyn bai ar gam; welodd o erioed mo'r botel wenwyn las, ac yn sicr doedd o ddim wedi gwneud dim i gŵn Williams, er nad oedd yn ddrwg ganddo glywed am eu diwedd, chwaith.

Eisteddodd Ellis ar y fainc yng nghornel y gell. Roedd y diwrnod yn heneiddio, a gwthiai cysgodion mwyn i mewn trwy'r ffenestr gul yn nhalcen y stafell. Sylwodd fel roedd y golau'n troelli ar y wal gyferbyn, siapiau dail a brigau'n cael eu hadlewyrchu ar y garreg lwyd. Byddai'n gwneud diwrnod braf fory, felly, a'r golau'n lliw rhosyn gwan.

Rhegodd. Roedd ganddo gymaint i'w wneud yn Nhyddyn Gwynt; y defaid angen eu hel, eu gwlân angen tociad cynnar, y caeau angen eu cau ar gyfer y cynhaeaf gwair, a'r bylchau angen eu codi – a nawr byddai'n sownd yn fan hyn yn hel meddyliau, a'i dymer yn mynd yn fwy mwy miniog gyda phob awr. Cododd yn wyllt a rhoi cic hegar i'r fainc, nes oedd honno'n clecian yn erbyn y mur. Yr eiliad honno, gallai roi ei ddwylo am wddw Twm Twm a gwasgu. Teimlai ei ben yn troi gan gynddaredd nes oedd ei fochau'n llosgi a'i anadl yn cyflymu. Pa hawl oedd gan y ddau, Twm Twm a Williams, i wneud hyn iddo? Beth yn fwy roedd y meistri tir eisiau ganddo ef a'i debyg? Pam na châi lonydd i ffermio a byw yn dawel yn Nhyddyn Gwynt, heb orfod cael pobl fel y rhain yn ei herio, ei dwyllo a'i gyhuddo ar gam? Pwysodd ei ben yn galed yn erbyn y wal oer, ei ewinedd yn tyllu i'r calch, yn treiddio, fel petai, i dyllau llygaid ei elyn.

Yn raddol, llonyddodd, llaciodd ei afael, y calch yn drwch dan ei ewinedd. Anadlodd yn dawelach. Wrth gwrs, roedd yn rhaid trechu'r gelyn gyda'r pen oherwydd fyddai o a'i debyg byth yn gallu eu trechu gyda dim arall. Roedd y pŵer i gyd ganddyn nhw – eu pobl nhw oedd yn gwneud y deddfau, a'u pobl nhw hefyd oedd yn sicrhau eu bod yn cael eu cadw.

Eisteddodd yn ei ôl ar y fainc i wylio'r cysgodion olaf yn

cilio. Roedd yr awel tu allan yn codi gan beri i'r brigau a'r dail ifanc ddawnsio. Gwyliodd y cysgodion llwyd; bron nad oedden nhw'n ei ddrysu, y patrymau yn chwyrlïo, y brigau'n gwichian ar y gwydr. Yna yn eu canol roedd siâp arall, llaw efallai – ie, llaw a'r bysedd hirion yn plycio yn y dail, yna braich, ac yna wyneb, wyneb llwyd yn erbyn y mur. Sythodd – roedd o'n adnabod yr wyneb, roedd o'n adnabod y llygaid tywyll, a'r gwallt yn gudynnau.

"Ellis!"

Neidiodd. Roedd y llais yno, yn y stafell gydag o, mor sicr â sŵn ei anadl ei hun.

"Ellis, ty'd, mae'r eog yn y pwll, rhaid i ni fynd, mi fedri di, Ellis ... paid â gadael i'r dynion mawr â chalonnau bach dy ddal di, rhaid i ti nofio yn eu herbyn nhw, Ellis, rhaid i ti lithro trwy'i dwylo nhw. Paid â thrio cuddio yng ngwaelodion y pyllau tywyll, rwyt ti'n chwim, yn ifanc a chryf. Mi fedri di neidio'r creigiau a chyrraedd y dŵr llydan, ac unwaith y byddi di yno, fydd hyd yn oed eu rhwydau nhw ddim yn ddigon eang i dy ddal di wedyn. Fedra i ddim gwylio drosot ti bellach, mae'n bryd i mi adael. Mae f'amser i yma'n dirwyn i ben. Mae'r Romani wedi bwyta'u galar, ac maen nhw'n barod rŵan i symud, ac mae'n rhaid i minnau adael iddyn nhw fynd, fel mae'n rhaid i mi dy adael dithau ..."

"Eldra ..."

Llithrodd y golau o'r ffenestr gul, gan adael dim ond arlliw o olau gwan ar y mur llwyd. Llonyddodd y dail a syrthiodd tawelwch dros y gell. Cododd Ellis yn grynedig. Doedd neb yno, dim ond sŵn ei anadl.

Wyddai Ellis ddim faint o amser a aeth heibio, ond deffrodd yn sydyn i glywed clindarddach goriadau mewn clo. Am funud fedrai o ddim dirnad ble roedd o. Yna, daeth pen y cwnstabl i'r golwg.

"Rhywun i dy weld di," meddai, gan symud i wneud lle i Daniel ddod i mewn.

"Wedi dod â thamaid i ti i'w fwyta, Ellis. Mae dy fam yn dy fwydo di'n dda!"

*   *   *

Bu bron i Dorothy gamu yn syth yn ei hôl allan i'r stryd fawr pan welodd pwy oedd yn sefyll o flaen y cownter yn siop y draper. Roedd hi wedi adnabod y cap cynffon ffwr yn syth, ond daeth rhywun arall i mewn yn ei chwt, felly fedrai hi ddim dianc. Camodd i un ochr i adael i'r cwsmer arall fynd heibio iddi a chafodd ei hun yn sefyll tu ôl i ddelw bren ac arni ffrog sidan las, a'i sgert lydan – y crinolîn – yn llenwi hanner llawr y siop. Wedi ei gwasgu yno, tu ôl i'r defnydd sidan, doedd neb yn ymwybodol ei bod yno. Arhosodd yn llonydd, llonydd. Ag arogl y camffor a'r lafant yn cosi ei thrwyn, daeth ysfa drosti i disian wrth i'w thrwyn geisio cynefino efo'r arogleuon cryf oedd yno i gadw'r gwyfynod a phryfed eraill o'r rhesi o roliau defnydd. Roedd rheiny wedi eu gosod un ar ben y llall yr holl ffordd o lawr y siop i'w nenfwd.

Doedd Dorothy erioed wedi gweld y fath gyfoeth o ddefnyddiau. Crwydrodd ei llygaid ar hyd y silffoedd. Roedd yno sidanau symudliw, melfed trwchus a chotwm yn llawn patrymau hudolus. Ceisiodd Dorothy benderfynu pa ddefnydd fyddai hi'n ei ddewis ar gyfer sgert, pe byddai'r arian ganddi, ond heddiw, dim ond dod i mewn i brynu botymau roedd hi. Tynnodd ei sylw yn ôl at y cownter a Twm Twm. Nid oedd ond troedfedd neu ddwy rhyngddi a'r dyn, ac aeth ias ryfedd i lawr ei meingefn wrth sylweddoli y gallai hwn godi ei ben a'i gweld yno'n ei wylio. Swatiodd yn ei hôl tu ôl i'r crinolîn. Cododd Twm Twm y pecyn – crys newydd i rywun, dyfalodd Dorothy. Mae'n debyg mai dod ar neges dros ei feistr yr oedd o. Gwyliodd Dorothy fel y tynnodd Catherine Hughes y siopwraig y llyfr oddi tan y cownter, ac ysgrifennu rhywbeth ynddo cyn codi ei phen a gofyn:

"Rhywbeth arall y medra i wneud i chi, Tomos Tomos?"

Arhosodd Twm Twm am funud, cyn tynnu ei bwrs lledr allan a chyfri'r darnau arian yn ei gledr.

"Bachau cau crys, Mrs Hughes os gwelwch yn dda, ac edau go gref."

Trodd Catherine Hughes ei chefn i estyn y jar bachau oddi ar y silff.

"Dwsin o fachau, Tomos Tomos?

"Diolch."

Estynnodd Catherine Hughes y pecyn iddo, a rhoddodd yntau'r darnau arian ar y cownter iddi hi gyfrif yr hyn oedd yn ddyledus iddi. Rowliodd un o'r darnau ar y llawr pren, a gwelodd Dorothy'r darn yn dod i stop ar waelod y cownter. Arhosodd yn llonydd, llonydd, gan weddïo na welai Twm Twm ei thraed wrth iddo godi'r darn pres o'r llwch. Ond roedd Dorothy wedi cael cyfle i sylwi ar y darn tair ceiniog.

"Wedi bod yn peintio, Tomos Tomos?" meddai'r

siopwraig. "Mae golwg mawr ar y darn tair yma – oes ganddoch chi 'run glanach?"

Anadlodd Dorothy'n sydyn, a chymerodd gip heibio'r crinolîn eto, ac yno ar y cownter roedd y darn tair ceiniog yn baent llwydwyn drosto. Roedd y paent llwydwyn yn union yr un fath â'r paent hwnnw ar ei darn tair ceiniog hi – ond fedrai hynny ddim bod, wrth gwrs. Roedd ei darn tair ceiniog hi yn ddiogel yn y bag defnydd wrth ei gwely yn Nhyddyn Gwynt!

Arhosodd Dorothy i Twm Twm adael, cyn aros ei thro i brynu dwsin o fotymau corn ac edau gotwm wen.

"Mrs Roberts yn cadw'n o lew, Dorothy?" holodd Catherine Hughes, ei phen ar un ochr. Gwenodd Dorothy a nodio, cyn gafael yn ei nwyddau, diolch a chau'r drws y tu ôl iddi. Doedd hi ddim eisiau dechrau sgwrs, na gorfod ceisio meddwl beth i'w ddweud. Roedd pawb yn gwybod bod Ellis wedi ei arestio, ac er bod y rhan fwyaf yn cydymdeimlo, roedd Dorothy hefyd yn gwybod bod cael eich hunan mewn unrhyw fath o helynt yn gadael cysgod amheuaeth ym meddyliau llawer iawn o bobl. Wyddai hi ddim sut roedd Catherine Hughes yn meddwl, ond doedd dim awydd arni i wybod chwaith.

Roedd y stryd fawr yn brysur, ond doedd Dorothy ddim am aros i siarad gyda neb heddiw. Roedd y darn tair ceiniog yn mynnu dod i'w meddwl o hyd, felly yn lle anelu am yr apothecari, cafodd Dorothy ei hun yn cyflymu allan o'r dref, i fyny'r allt, nes oedd hi'n rhedeg ar hyd y ffordd drol, ei hesgidiau'n gwneud i'r cerrig mân dasgu i bob cyfeiriad, yr adar yn sgrialu o'r gwrychoedd, y defaid yn neidio o'i ffordd, cyn aros i syllu'n ddryslyd ar y ferch yn hedfan heibio.

Rhuthrodd i'r buarth, gan wneud i'r ieir wasgaru'n swnllyd am ddiogelwch y cwt.

"Dorothy, be sydd?"

Rhuthrodd heibio i'r fistras a heb dynnu ei hesgidiau, llamodd i fyny'r grisiau, dwy ris ar y tro, cipiodd y bag defnydd a thynnu yn y cortyn yn ddiamynedd i agor y cwlwm. Sgrialodd trwy'r cynnwys; disgynnodd y grib cragen crwban ar y llawr a sboncio o dan y gwely, roedd y ruban yno, a'r Testament a'i glawr rhacsiog, ac yn y gwaelod roedd yr hances les. Symudodd y llenni, a chamodd y fistras i mewn at ei hymyl. Cododd Dorothy ei phen, ei llygaid yn syn.

"Dydi o ddim yma!"

"Be?" Eisteddodd y fistras ar y gwely wrth ei hymyl. "Be sydd ddim yna, Dorothy?"

"Y darn tair ceiniog ges i gan Mr Thomas. Mae o wedi mynd!"

Synhwyrodd y fistras fod y dagrau'n nesu a symudodd i gysuro'r ferch.

"Paid â phoeni am golli tair ceiniog, Dorothy fach. Mi gei fenthyg tair ceiniog gen i. I be oeddet ti eisiau arian, prun bynnag. Wyt ti angen rhywbeth?"

"Na, na, nid hynny, does dim bwys am yr arian, ond dwi'n gwybod rŵan pwy roddodd y botel wenwyn ym mag Ellis."

"Be?" Oedd y ferch yn drysu? Roedd hi'n poeni am Ellis wrth gwrs, fel pob un ohonyn nhw, ond tybed oedd yr arestio wedi effeithio arni?

"Y darn tair ceiniog, roedd yna baent arno – ydach chi'n cofio? Mi roeddwn i wedi ceisio ei grafu i ffwrdd efo fy ngewin ond wedi methu, a mi weles i'r darn heddiw, yn siop y draper ..."

"Ond Dorothy fach ... does yna gannoedd o ddarnau tair ceiniog yn symud dwylo yn nhref y Bala? Be sy'n dy wneud di'n siŵr ..."

"Twm Twm oedd yn ei wario. Mi sylwodd Catherine Hughes arno hefyd, a gofyn iddo fo a fuodd o'n peintio."

Roedd Dorothy wedi tynnu'r bag defnydd tu chwith allan, ac erbyn hyn, roedd hi ar ei bol ar y styllod yn chwilio o dan y gwely. Cododd y fistras a symudodd y ddwy y gwely, ond doedd dim byd yno ond y grib cragen crwban a llwch. Doedd dim golwg o'r darn tair ceiniog yn unman.

Pennod 20

"Rydw i'n cofio'r achlysur yn burion, gwnstabl. Roedden ni ar ganol peintio'r stordy, ac roedd Daniel wedi bod braidd yn ... wel, beth ddywedwn ni, awyddus, ie, awyddus i ddechrau peintio, a heb glirio'n iawn. Pan ddois i yn fy ôl i'r stordy, roedd paent ar y waliau'n sicr, ond ar lawer o bethau eraill hefyd, gan gynnwys y swp newid oedd yn y drôr yn aros i'w bancio."

Trodd y cwnstabl at Catherine Hughes. Roedd y darn tair ceiniog yno'n eistedd ar ganol y cownter pren, yn ddi-nod, ac eithrio'r paent llwydwyn ar un ochr iddo.

"Fedrwch chi gadarnhau, Catherine Hughes, gan bwy y cawsoch chi'r darn arian yma?"

"Wel neno'r tad, nid fi ddwynodd o, cwnstabl. Be sydd arnoch chi'n dod i fan hyn i gyhuddo dynes barchus fel fi?"

Roedd ei hwyneb yn prysur droi o binc golau i goch ac yna i wedd anffasiynol o biws, a'r dagell o dan goler ei blows wen yn gryndod i gyd.

"Nid dyna fy mwriad, Miss Hughes, nid dyna fy mwriad o gwbl." Plygodd y cwnstabl yn ei flaen i geisio tawelu'r wraig. "Y cwbl yr ydw i am wybod ydi a wyddoch chi, neu fedrwch chi gofio, efallai, i rywun wario'r darn arian yn eich siop heddiw, ac os gwnaeth rhywun, yna tybed fedrwch chi gofio pwy?"

Arhosodd y wraig yn llonydd, a phwyso ei dwy law ar y

cownter. Crychodd ei thalcen ac yna'n sydyn goleuodd ei hwyneb.

"Ydw, dwi'n cofio rŵan – Tomos Tomos oedd yma, siŵr iawn, yn prynu bachau crys, a beth arall rŵan ..."

"Diolch i chi, Catherine Hughes."

Trodd y cwnstabl a'r fferyllydd ar eu sodlau, ac fel roedd y ddau yn gadael, cofiodd Catherine Hughes beth arall brynodd Tomos Tomos, a daeth i ben y drws i weiddi:

"... a rîl o edau gref, cwnstabl!"

Cododd y cwnstabl ei het a brysiodd ar ôl y fferyllydd i gefn yr apothecari, ond cyn cyrraedd y drws gallai'r ddau glywed sŵn nadu a thaeru yn dod o ganol y silffoedd. Brysiodd Mr Thomas i agor y drws ac yno, a'i gefn at y wal, roedd Smythe a golwg arno fel petai wedi gweld drychiolaeth. Roedd y jar gyda'r llygaid wedi ei gosod o'i flaen a safai yno fel petai ei draed wedi eu hoelio i'r styllod pren, yn methu symud, a dim ond sgrech yn dianc bob yn hyn a hyn wrth i'r llygaid symud yn ôl a blaen trwy'r hylif. O'i amgylch hefyd roedd llwybr o bowdr glas llachar, a sylwodd Mr Thomas yn syth fod y botel arsenic wrth law, ei chorcyn ar goll, a'r cynnwys wedi ei dywallt yn gylch o amgylch y dyn. Roedd hwnnw erbyn hyn wedi dechrau nadu eto, ei lais yn codi'n sgrechfeydd, ei lygaid yn syllu'n ddisymud ar y jar. Ceisiodd ffurfio geiriau, ond doedd dim a ddeuai allan o'i geg yn gwneud unrhyw synnwyr i'r ddau arall.

"Yma ... wedi mynd ... nid fi ... O! Mam annwyl, roedd hi yma, un fechan, traed gwlyb ..."

"Sadiwch, Smythe, er mwyn y mawredd! Beth ddigwyddodd, ddyn?" Roedd y llawr yn stremps o olion traed gwlybion, fel petai holl blant bach y Bala wedi bod yn dawnsio trwy'r pyllau cyn dod i mewn i'r stordy i fusnesu.

"Beth ydi'r holl lanast yma?"

Ond chafodd Mr Thomas ddim ateb. Ystumiodd Smythe ei gorff heibio i'r silff, rhoi naid dros y llwybr glas a rhuthro allan, heb aros i dynnu ei ffedog wen, hyd yn oed.

*   *   *

Doedd yna ddim llawer o gwsmeriaid yn y Lion a hithau'n gynnar min nos. Dim ond criw o lanciau wedi hel o amgylch Wil Ifan, ac yn yntau ar fin gadael am Lerpwl yn y bore, ac yna ymlaen am Batagonia. Roedd y cwnstabl wedi nodio ar Ellis, dim ond i gydnabod nad oedd dim drwgdeimlad wedi i hwnnw gael ei ryddhau, ac roedd Ellis, wrth gwrs, am ddod i ddymuno'n dda i'w ffrind. Roedd y cwnstabl yn edmygu Wil Ifan, ac wedi ystyried ymuno yn y fenter o ymfudo, ond dim ond ar awr wan, pan oedd pobl fel hwn, oedd newydd gamu i mewn trwy'r drws, yn taflu eu pwysau. Gwyliodd Williams yn tynnu ei het, yn edrych o'i gwmpas, gan nodi'n union pwy oedd yn y criw ffrindiau. Tawelodd rheiny am funud, a phawb yn gwylio'r gŵr. Gallai'r cwnstabl deimlo'r tyndra fel tant telyn yn tynhau, cyn i un o'r hogiau dorri'r garw gyda rhyw ddywediad bachog, ac aeth y criw llanciau yn ôl i sgwrsio a chwerthin.

Gwelodd Williams y cwnstabl yn eistedd yn y gornel wrth y ffenestr, ac aeth draw ato. Archebodd ei ddiod, eisteddodd i lawr ar y fainc gefn uchel, gyferbyn â'r cwnstabl, a gallai hwnnw synhwyro diflastod y dyn. Er i'w sgwrs fod yn ddigon di-ddim – pris y farchnad a'r tywydd – doedd y blas ddim cystal bellach ar y cwrw o'i flaen, a gwthiodd y cwnstabl ei gwpan chwart ryw fymryn ymhellach.

"Ond beth am y dystiolaeth arall?" Siaradai'r asiant yn dawel. Doedd o ddim am godi gwrychyn y criw llanciau. Roedd teimladau yn siŵr o fod yn finiog, a'r newydd allan mai wedi ei gosod oedd y botel wenwyn, ac mai Twm Twm oedd yn gyfrifol. Ond doedd o ddim am adael i bopeth fynd, chwaith – roedd angen dysgu gwers i Ellis Tyddyn Gwynt. Roedd y cythraul wenwynodd ei gŵn gwerthfawr yn dal a'i draed yn rhydd.

"Fe wyddoch chi'n iawn fod digon o dystiolaeth i'w ddwyn i gyfraith. Roedd yna fagl yn y bag hefyd, yn doedd, yn barod i'w gosod, wrth gwrs. Ydach chi'n anghofio fod dwyn cwningod yn drosedd ddifrifol?"

Roedd y cwnstabl wedi cael deuddydd caled. Roedd yn haeddu hoe erbyn hyn, ac roedd yntau, er yn ŵr digon rhesymol fel arfer, yn dueddol o fynd allan o'i hwyliau os deuai rhywun rhyngddo ef a'i chwart cwrw. Sythodd y cwnstabl ar ei stôl ac ymestyn ei frest allan fel paun.

"Syr, efallai fod magl yno, ond yn llawer pwysicach, roedd potelaid o arsenic – gwenwyn y drwgweithredwr – yno hefyd, ac fel y gwyddoch chi'n iawn, nid Ellis Roberts oedd wedi rhoi honno yno, ond eich gweithiwr chi, Tomos Tomos. Rŵan, dwn i ddim ar gais pwy y rhoddwyd y gwenwyn yno, ond mi faswn i'n gollwng y cyhuddiad yn reit sydyn, syr, os nad ydach chi am i mi fynd â'r mater bach arall yma yn ei flaen. Wedi'r cwbl, mae bwrgleriaeth a dwyn arian o dŷ parchus tra mae'r teulu hwnnw yn addoli, yn ôl y gyfraith, yn drosedd ddifrifol iawn wyddoch chi, ac mae annog neu gynllwynio i wneud hynny'n anfaddeuol, ac yn rhywbeth na fyddai unrhyw dyn parchus yn ei oddef, wrth gwrs."

Plygodd Williams ei ben.

"Wrth gwrs, fyddai unrhyw ddyn parchus fyth yn gwneud y fath beth," meddai. Gwyliodd y cwnstabl yr asiant yn codi, heb gyffwrdd yn ei ddiod. Nodiodd Williams yn foesgar, a rhoi'r het silc yn ôl yn ofalus ar ei ben cyn camu'n araf at y drws. Ond rhywsut, er ei fod yn gallu gweld ei gefn yn pellhau oddi wrtho i lawr stryd fawr y Bala, gallai ddal i deimlo presenoldeb y dyn. Doedd ryfedd fod Wil Ifan am ei heglu hi am Batagonia.

Yna trodd ei olwg yn ôl at y llanciau. Roedd rhyw dynnu coes yn digwydd, ac Ellis yn mynnu bod Wil Ifan yn gwisgo ei wasgod felen o, yn gwneud ffys fawr o'i thynnu a'i rhoi yn anfoddog i'w ffrind, fel petai'n rhoi ei drysor olaf iddo. Gwisgodd Wil y wasgod a neidio i ben y bwrdd a gwthio ei frest allan fel ceiliog ffesant, gan frolio ei wobr.

"Dwi wedi bod isho gwasgod felen fel hon ers blynyddoedd, a dyma hi!" chwarddodd Wil Ifan.

Roedd Ellis wedi colli ei wasgod felen, mae'n debyg, meddyliodd y cwnstabl, ar gêm gardiau neu ddîs efallai. Cydiodd Wil Ifan yn llaw Ellis a'i gwasgu. Digon tawel oedd y cwmni wrth adael y dafarn, fel petai'r criw yn gwybod na fydden nhw'n debygol o ddod at ei gilydd fel hyn eto. Ffarweliodd pawb gyda Wil, a gwyliodd y cwnstabl nes i'r llanc yn ei wasgod felen newydd droi heibio cornel y stryd fawr. Cymerodd Wil un cip yn ei ôl a chodi ei law ar ei gyfeillion. Byddai'n gadael am ben arall y byd gyda'r bore bach.

Pennod 21

Beth oedd y cnocio aflafar yna eto? Fedrai'r cwnstabl ddim credu bod amser codi wedi dod – doedd dim llonydd i'w gael. Trodd ar ei ochr a thurio o dan y dillad gwely, ond er iddo wthio ei ben cyn belled ac y gallai o dan y clustog, daliai'r curiadau i'w gyrraedd, nes iddo yn y diwedd orfodi ei hun i ymestyn ei goesau allan o'r cynhesrwydd, tynnu ei lodrau amdano a tharo crys dros ei ysgwyddau.

"Ar fy ffordd ..."

"Dowch, neno'r dyn!"

Rhwbiodd y cwnstabl ei lygaid. O'i flaen safai gwraig fechan, a'i hwyneb fel lledr, y pastwn fu'n taro'r drws yn dynn yn ei llaw.

"Dwi angen eich help chi, felly dowch yn eich blaen." Trodd Mali Ifan oddi wrtho, a chychwyn cerdded yn ei hôl am y stryd. Stryffaglodd y cwnstabl i wisgo ei esgidiau ac i gau ei grys, a chipiodd ei siaced a'i het oddi ar y bachyn ger y drws.

"Ddaeth Wil ddim adre neithiwr. Rŵan, mi wn i beth rydach chi'n feddwl, a faswn i ddim yn poeni dim yn ei gylch o fel arfer, mae o'n fachgen mewn oed – ond roedd o i fod i gychwyn ben bore heddiw am Lerpwl, a does yna ddim golwg ohono. Rown i'n meddwl ei fod wedi mynd cyn i mi godi, ond mae ei baciau o'n dal ar lawr y gegin, felly mae rhywbeth wedi digwydd iddo fo, yn siŵr i chi."

Arhosodd y wraig am funud i'r cwnstabl ei chyrraedd, cyn cychwyn eto ar ei hynt.

"Ie, cychwyn am y wlad bell yna roedd o i fod i'w wneud bore heddiw, ac mi roedd o am gael mynd yn y car a cheffyl efo'r prifathro a'i wraig, ond mi fues i yno, ac maen nhw wedi mynd yn barod a doedd y gwas ddim yn gwybod dim o hanes Wil, dim ond deud na welodd o mohono."

Ochneidiodd y cwnstabl. Roedd rhyw ddrwg yn y caws. Gwingodd wrth weld Williams yn dod i'w gwfwr, a dyn newydd wrth ei gwt, un arall yn barod i wneud ei waith budr drosto, felly.

*   *   *

Syllodd Dorothy i gyfeiriad y ffordd drol, a'r llwch wedi hen setlo wedi i'r car a cheffyl basio. Sychodd ei llygaid, a chwythodd ei thrwyn yn swnllyd. Byddai pethau'n rhyfedd iawn yn Nhyddyn Gwynt rŵan, ond roedd Mrs Roberts wedi gofyn i Mr Thomas ysgrifennu llythyr i Williams yn rhoi'r notis. Dim ond ambell wythnos eto a byddai'r anifeiliaid wedi eu gwerthu a'r ddau yn symud i fyw i Harlech at chwaer y fistras. Roedd lle iddi hithau yno, a byddai siawns iddi fedru ennill ychydig o gyflog, efallai fel morwyn fach. Roedd rhaid iddi arbed ei harian wrth gwrs, os oedd hi am ddilyn Ellis.

Yna cofiodd yn sydyn fod yn rhaid iddi hi fynd i ddweud wrth Daniel. Roedd cadw'r gyfrinach ddoe wedi bod bron yn amhosibl, ond roedd meddwl am Ellis yn cael ei arestio eto ac yn gorfod mynd o flaen y Fainc i Ddolgellau, wedi llonyddu ei thafod. Doedd hi ddim wedi mentro i lawr i'r dref trwy'r dydd rhag ofn iddi roi ei throed ynddi.

Brysiodd i lawr y ffordd. Roedd y dref yn deffro a'r siopwyr yn dechrau gosod eu nwyddau allan ar y pafin; wrth droi ar hyd y stryd fawr cododd haid o frain yn swnllyd o un o'r coed wrth i rywun basio. Craffodd, ac adnabod osgo Wil Ifan yn syth. Craffodd eto. Ai gwasgod felen Ellis oedd ganddo amdano?

"Dorothy!" Croesodd Wil Ifan draw tuag ati. Roedd golwg wedi dychryn arno, ei wallt yn wellt i gyd, a'i ddillad fel petae nhw wedi eu tynnu trwy ddrain.

"Wel? Ydi o wedi mynd bellach?" holodd yn wyllt.

"Mi aeth, beth bynnag," ond allai Dorothy ddim dweud dim arall a'r dagrau'n bygwth.

"Dyna'r gorau iddo fo. Dydi Williams ddim yn un i ollwng gafael unwaith mae o wedi cymryd rhywbeth yn ei ben, sti. Mi ges i gweir gan rywun neithiwr ar fy ffordd o'r Lion – dwn i ddim pwy oedd o, ond rhyw labwst mawr ... meddwl mai Ellis oeddwn i, mae'n debyg."

"Wil Ifan!" Daeth ei fam i'r golwg, a'r cwnstabl yn dynn ar ei sodlau.

"Wil, ble buest ti, a be wyt ti'n da yn fan hyn a golwg fel'na arnat ti ...?" Chwifiodd Mali Ifan y pastwn yn fygythiol. "Os wyt ti wedi bod yn yfed fel y brawd yng nghyfraith dwl 'na sydd gen ti, wel Duw a dy help ... a sut y cyrhaeddi di Lerpwl rŵan, y lembo gwirion, a be aflwydd ydi'r wasgod felen grand yna sy amdanant ti? Paid â deud dy fod di am fynd ffwrdd efo'r sipsiwn!"

Gadawodd Dorothy y tri, a Wil Ifan yn ceisio tawelu ei fam, ac esbonio nad oedd yn fwriad ganddo fynd am Lerpwl bellach, nac ychwaith fynd i ganlyn y sipsiwn. Tawelodd Mali Ifan a gafael ym mraich ei mab. Roedd un fam yn fodlon ei byd bore 'ma felly, meddyliodd.

Brysiodd Dorothy draw i gefn yr apothecari. Cododd Daniel ei ben o'i waith yn tynnu jariau newydd sbon o'r cistiau pren a'u sychu'n ofalus, cyn eu rhoi yn drefnus ar y silffoedd. Syllodd Dorothy ar y labeli dieithr. Er y gallai adnabod ambell gynhwysyn, roedd yr ysgrifen ar y labeli yn glymau dieithr. Gwyliodd ei brawd yn gosod y jar las i fyny ar y silff uchaf.

"Mae Ellis wedi mynd, sti, Daniel, ac arna i mae'r bai."

Eisteddodd ar ymyl un o'r cistiau a chuddio ei hwyneb yn ei siôl. Arhosodd Daniel a rhoi'r jar yn ei law yn ofalus ar y silff agosaf, yna eisteddodd wrth ymyl ei chwaer.

"Do, mi wn i, sti. Dyna oedd orau iddo fo – mynd o'r golwg nes i bethau dawelu."

"Ond arna i mae'r bai, ti'n gweld."

"Sut hynny?" Estynnodd Daniel ei hances boced a'i rhoi i Dorothy. Arhosodd i'r dagrau dawelu.

"Fi wnaeth wenwyno'r cŵn, nid Ellis." Cododd Dorothy ei phen, ei llygaid yn byllau, a dechreuodd igian crio eto. "Fi ddylai fod ar fy ffordd i Batagonia. Arna i mae'r bai am hyn. Mi weles i'r cŵn yn dod yn ôl i chwilio am weddillion y gwydda a'r noson wedyn mi rois i 'chydig o'r gwenwyn tyrchod ynghanol y plu, gan wybod y bydden nhw yn eu holau eto, achos doedd Twm Twm ddim yn eu cau nhw, dim ond yn gadael iddyn nhw redeg yn wyllt, a mi roeddwn i am ddial ... a dyna sut y cafodd y cŵn eu gwenwyno, sti, Daniel ..."

Cymerodd anadl ddofn a cheisio tawelu'r cryndod oedd yn bygwth ffrwydro'n un rhaeadr o grio eto.

"Wyt ti'n meddwl y bydda i'n gorfod mynd o flaen fy ngwell, Daniel?"

Eisteddodd Daniel yno am ychydig nes i Dorothy sychu ei hwyneb, a dod ati ei hun.

"Na, fydd neb yn gallu profi dim, a dwyt tithau ddim yn gwybod hynny chwaith. Os oedd y cŵn yn rhedeg yn rhydd bob nos fe allen nhw fod wedi codi gwenwyn yn unrhyw le."

"Ond petawn i wedi cyfadde yn syth, fyddai Ellis ddim wedi gorfod dianc ..."

"Nage Dorothy, roedd yn rhaid i Ellis fynd. Fyddai o byth yn cael llonydd gan Williams a'i ddynion. Doedd dim bwys beth fyddai'r drosedd, chwilio am unrhyw beth yn ei erbyn o roedden nhw. Fel hyn bydd pethau nes cawn ni fwy o hawliau, sti, Dorothy, a dyna pam y bu'n rhaid i Ellis adael."

Gwenodd Daniel, cododd ac aeth i'r drws. Roedd sŵn cyffro ar hyd y stryd fawr,

"Ty'd," galwodd, a thynnodd ei chwaer allan i ben y drws, a rhedodd y ddau i lawr ar hyd cefn y stryd, heibio'r wyrcws, lle roedd Dafydd Israel yn pwyso ei gefn yn erbyn y wal.

"Lle ewch chi'ch dau ar ffasiwn hast?" holodd.

"Mynd at y llyn rydan ni – mae'r sipsiwn yn symud."

"Ydyn, maen nhw'n symud yn eu blaenau, fel pawb arall hyd y lle 'ma, pawb ond Dafydd Israel. Pob bendith iddyn nhw ar eu taith, ddeuda i ..."

Roedd y llecyn ger y llyn yn wag, y tanau wedi diffodd, a'r carafanau wedi cyrraedd gwaelod y stryd, y ceffylau urddasol yn eu harneisi, yr helgwn yn gwau 'nôl a blaen rhwng yr olwynion a'r plant yn chwerthin. Gwyliodd Daniel y carafanau'n pasio, eu paent wedi ei adnewyddu, yn barod am dymor arall ar y ffordd. Eisteddai un hen ŵr yng nghysgod drws ei garafán, ei lygaid yn gwylio'r llyn. Wrth i'r garafán rowlio yn ei blaen yn araf, dilynodd Daniel lygaid yr hen ŵr draw at y clwt o hesg ger y lan, lle roedd yr hwyaid yn nofio. Yna'n sydyn cododd yr hwyaid, eu symudiad sydyn yn torri ar lonyddwch y dŵr. Gwyliodd wrth i'r hesg blygu a'r tonau ledu yn grych ar hyd wyneb y llyn nes cyrraedd y lan agosaf. Cododd awel fechan, ac arhosodd carafán yr hen ŵr. Symudodd yntau yn ei sedd fel petai'n gwneud lle i rywun ddod i eistedd gydag o, gwenodd, a rhoddodd waedd fach i beri i'r ceffyl godi ei ben ac i'r garafán ailgychwyn ar ei thaith unwaith eto.

Epilog

Dyffryn Chupat, Patagonia, Rhagfyr 1865

Annwyl Daniel,

*Dyma ysgrifennu atat o'r diwedd, gan obeithio dy fod di
a Dorothy yn cadw'n iach, fel yr wyf finnau yma. Wel,
lle i ddechrau? Rydw i yma, beth bynnag, yn y Wladfa, y
wlad honno lle roedd y fath obaith i bethau, wyddost ti,
Daniel, ond mae arnaf ofn nad gwlad y llaeth a'r mêl
mohoni. Mae gen i hiraeth am ffriddoedd gwyrddion
Penllyn, am goed a thyfiant. Er mor brin oedd hwnnw
weithiau, mae'n drysor o'i gymharu â'r anialdir a'r drain
sydd yma. Pan gyrhaeddasom roedd y gaeaf ar ei
waethaf, a ninnau wedi methu tymor yr hau, ond diolch
byth mae peth nwyddau yn cael eu cludo yma ar ein
cyfer, er mai prin ydyn nhw.*

*Ond mae yma un gwahaniaeth mawr, wrth gwrs –
rydw i'n rhydd yma, Daniel. Rydw i'n feistr arnaf fy
hun, a neb yn edrych dros fy ysgwydd o hyd. Mae gen i
gartref o fath wedi ei adeiladu o goed a gwellt, ac rydw
innau ac ambell un arall wrthi'n ceisio gweithio'r tir
gorau gallwn ni. Mae ambell un o'r fintai ddaeth ar y
Mimosa wedi torri eu calonnau, ac amryw wedi mynd*

am Buenos Aires, gan gynnwys Lewis Jones a'r meddyg ddaeth efo ni ar y llong; mynd dan gwmwl wnaeth Lewis Jones, gan mai ef oedd i fod i drefnu ar ein cyfer, a llawer o'r fintai yn gweld bai arno am fethu darparu yn ddigon da.

Wel, wna i ddim dy boeni gyda rhagor o fanylion, felly – digon digalon yw hi o ran bywoliaeth. Ta waeth am hynny, rwy'n iach ac mewn hwyliau di-fai. Pan ddaw pethau'n well fe hoffwn i Dorothy fedru dod ataf yma, os mai dyna ei dymuniad a thithau'n fodlon. Ond rhaid i mi ddarparu gwell cartref ar ei chyfer cyn medru anfon amdani; ac mae angen apothecari yma hefyd, Daniel, gan fod salwch yn taro rhywun yma'n ddyddiol. Rhaid gorffen rwan i'r llythyr hwn gael mynd am New Bay i'w roi ar y llong, gan ddymuno iddo gario atoch fy nymuniadau gorau.

Dy gyfaill,
Ellis Roberts

Ffaith neu ffuglen?

Yn y nofel ceir hanes pobl o gig a gwaed a fu'n byw yn ardal y Bala yn y cyfnod. Mae yma leoliadau sydd yn parhau i'w gweld hyd heddiw, ond mae hefyd nifer o gymeriadau a lleoliadau dychmygol. Dychmygol hefyd yw'r rhan fwyaf o'r digwyddiadau, ac eithrio, wrth gwrs, hanes yr ymfudo am Batagonia. Isod ceir eglurhad o'r rhaniad rhwng y ffeithiau a'r ffuglen.

Cefndir y cyfnod

Mae'r nofel wedi ei gosod mewn cyfnod cyffrous yn hanes Cymru, cyfnod pan oedd dylanwad y meistri tir yn dirwyn i ben a'r bleidlais rydd ar fin cael ei hennill gan rai dynion. Ond roedd y degawd 1851–1861 yn gyfnod cythryblus, gyda nifer fawr iawn o bobl o ardaloedd gwledig sir Feirionnydd yn mudo i wledydd eraill i chwilio am well byd.

Roedd etholiadau yn y cyfnod yn ddigwyddiadau anodd i denantiaid; gan nad oedd y bleidlais yn un gudd, roedd pwysau mawr arnynt i bleidleisio yn unol â dymuniad eu meistr tir. Roedd dynion y meistr tir, neu'r 'sgriws', yn cael eu hanfon at y tenantiaid i'w perswadio i bleidleisio yn ôl dymuniad y meistri, gyda'r bygythiad y byddai canlyniad difrifol petaent yn gwrthod. Roedd yn rhaid bod yn bobl ddewr iawn i fynd yn groes i'r meistri tir.

Yn dilyn etholiad 1859 cafodd saith o denantiaid eu taflu o'u ffermydd, gan gynnwys **Mary Jones, Weirglodd Wen, Llanuwchllyn,** mam **Michael D. Jones**. Yn ogystal, codwyd rhenti saith arall oedd wedi atal eu pleidlais.

Lleoliadau a chymeriadau

Mae'r nofel wedi ei gosod yn nhref y Bala a'r ardal. Yno yn y cyfnod hwnnw roedd sawl meistr tir yn berchen ar filoedd o aceri o dir, ac yn eu plith roedd stad Glan-llyn. Teulu pwerus **Wynnstay**, ac yn benodol gŵr o'r enw **Syr Watkin Williams-Wynne**, oedd yn berchen ar y stad, a chyflogwyd ganddo ŵr o'r enw **John Williams** yn asiant tir i weithredu ar ei ran yn yr ardal. Yn y fro hon hyd heddiw mae storïau – rhai'n wir ac eraill yn fwy chwedlonol – o weithredoedd annheg a chreulon y gŵr hwn.

Yn y cyfnod hefyd roedd ardal y Bala yn ganolbwynt i syniadaeth radical, gyda phobl blaenllaw fel **Michael D. Jones** yn arwain y symudiad dros degwch i bobl gyffredin. Ef hefyd oedd un o'r prif ymgyrchwyr dros greu gwladfa newydd ym Mhatagonia.

Mae **Glan-llyn** bellach yn wersyll yr Urdd, cyrchfan boblogaidd gan bobl ifanc o bob rhan o Gymru. Yn sicr, byddai Michael D. Jones wrth ei fodd gyda'r datblygiad hwn!

Roedd nifer o ffermwyr a thenantiaid yn wynebu'r un trafferthion â theuluoedd Tyddyn Gwynt a Rhyd Wen, ond ffermydd a theuluoedd dychmygol yw'r rhain.

Ar y llaw arall, yn nhref y Bala yn y cyfnod roedd sawl fferyllfa, a bu apothecari tebyg i'r un a ddisgrifir ar y stryd fawr. Roedd yno hefyd fferyllydd o'r enw **William Thomas**, a bu'n aelod o bwyllgor a godwyd yn y dref i gefnogi ymgeisydd Rhyddfrydol yn erbyn y Tori, ymgeisydd y meistri tir, yn yr etholiad. Mae'n sicr y byddai **William Thomas** a **Michael D. Jones** yn adnabod ei gilydd ac yn debygol o fod yn trafod syniadau radical.

Wrth edrych trwy **gyfrifiad 1861** dois hefyd ar draws cwnstabl o'r enw **John Jones** oedd yn gweithio yn ardal y Bala yn y cyfnod.

Yn y Bala hefyd, fel nifer o drefi eraill dros Gymru, roedd **wyrcws**. Mae'r wyrcws yn adeilad amlwg iawn ar stryd fawr y Bala hyd heddiw, ac er mai dychmygol yw'r cymeriad **Dafydd Israel**, mae cofnod bod pobl gyda'r cyfenw Israel wedi bod yn byw yn y wyrcws am gyfnodau.

Roedd y sipsiwn yn ymwelwyr cyson ag ardal y Bala, a bu ambell gymeriad o deuluoedd y sipsiwn yn gweithio ar ffermydd Penllyn.

Dod o hyd i wybodaeth

Mae sawl ffynhonnell ar gael sy'n rhoi darlun i ni o'r gymdeithas, y cymeriadau a'r digwyddiadau yn y cyfnod. Dyma rai ohonynt:

- Papurau newydd ar-lein – Llyfrgell Genedlaethol Cymru
- Cyfrifiad Cenedlaethol 1861
- Cyfeiriaduron masnachol

Yn benodol cefais lawer o wybodaeth o'r ffynonellau canlynol:

- 'The Politics of a Rural Economy' – Ieuan Gwynedd Jones, *Cylchgrawn Cymdeithas Hanes Meirionnydd*, 1968
- 'Atgofion am Ystad Glan-llyn' – Ifan Roberts, *Llên y Llannau* 1993
- *Triwyr Penllyn* – (Plaid Cymru)
- *Oes a Gwaith y Prifathraw Y Parch Michael Daniel Jones* – E. Pan Jones (H. Evans, 1903)
- *Cwm Eithin* – Hugh Evans (Gwasg y Brython 1943)
- *Pum Plwy Penllyn* – Griffith Roberts (D. R. Roberts, 1898)
- 'Ciperiaid, Ffesants, Potsiars a Pholitics' – Einion Wyn Thomas, yn *Yr Angen am Furiau* (Carreg Gwalch, 2009)
- *Bore da, Lloyd* – D. Tecwyn Lloyd (1980)
- *Llythyrau'r Wladfa 1865–1945* – Mari Emlyn (Carreg Gwalch, 2009)
- 'Diseases and Remedies', *Chemist and Druggist*, 1898
- *Hanes Cymru* – John Davies (Penguin, 1990)
- *Atlas Meirionnydd* – gol. Geraint Bowen (Llyfrau'r Faner, 1974)

Nofelau â blas hanes arnyn nhw

Straeon cyffrous a theimladwy wedi'u seilio ar ddigwyddiadau allweddol

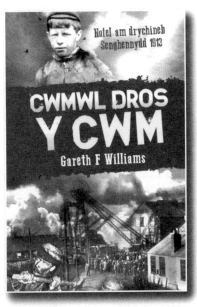

Enillydd Gwobr Tir na n-Og 2014

CWMWL DROS Y CWM
Gareth F. Williams

Nofel am drychineb Senghennydd 1913

Gwasg Carreg Gwalch
£5.99

Ychydig cyn 8.30 y bore ar 14 Hydref 1913, bu farw 439 o ddynion a bechgyn mewn ffrwydrad ofnadwy yng nglofa Senghennydd yn ne Cymru.

    Dim ond wyth oed oedd John Williams pan symudodd ef a'i deulu o un o bentrefi chwareli llechi'r gogledd i ardal y pyllau glo. Edrychai ymlaen at ei ben-blwydd yn dair ar ddeg er mwyn cael dechrau gweithio dan ddaear. Ond roedd cwmwl du ar ei ffordd i Senghennydd …

DARN BACH O BAPUR
Angharad Tomos

Nofel am frwydr teulu'r Beasleys dros y Gymraeg 1952-1960

Gwasg Carreg Gwalch
£5.99

Rhestr fer Gwobr Tir na n-Og 2015

Y GÊM
Gareth F. Williams

Nofel am yr ysbaid o heddwch a gafwyd ar Ddydd Nadolig 1914, yn ystod y Rhyfel Mawr

Gwasg Carreg Gwalch
£5.99

Enillydd Gwobr Tir na n-Og 2015

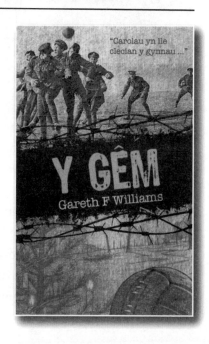

PAENT!
Angharad Tomos

*Nofel am Gymru 1969 –
Cymraeg ar arwyddion
ffyrdd a'r Arwisgo yng
Nghaernarfon*

Gwasg Carreg Gwalch
£5.99

*Rhestr fer Gwobr
Tir na n-Og 2016*

TWM BACH AR Y MIMOSA
Siân Lewis

*Nofel am antur y
Cymry ar eu taith i
Batagonia yn 1865*

Gwasg Carreg Gwalch
£5.99

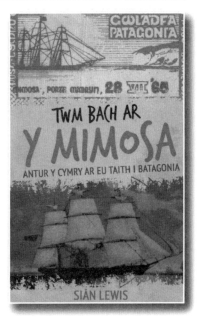

YR ARGAE HAEARN
Myrddin ap Dafydd

Dewrder teulu yng Nghwm Gwendraeth Fach wrth frwydro i achub y cwm rhag cael ei foddi

Gwasg Carreg Gwalch

£5.99

Rhestr fer Gwobr Tir na n-Og 2017

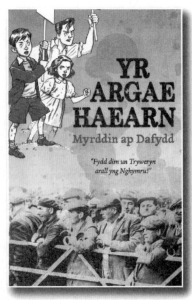

DILYN CARADOG
Siân Lewis

Y Brythoniaid yn gwrthsefyll Ymerodraeth Rhufain dan arweiniad Caradog, ac un llanc yn dilyn ei arwr o frwydr i frwydr nes cyrraedd Rhufain ei hun

Gwasg Carreg Gwalch

£5.99